文庫JA

微睡《まどろ》みのセフィロト

冲方　丁

早川書房

6641

目次

微睡《まどろ》みのセフィロト

扉は眠りに落ちた。
固く。しかしそれほど深くなく。今もまだ現世に耳を貸す程度には。
鍵穴はまだ閉ざされてはいない。
新たな鍵がそれを目覚めさせる余地は残っている。
まだ十分に。
鍵が、扉の開き方を過《あやま》たぬ限りは。

プロローグ　A. J. 0017

黒い月が、青く透明な空と海の狭間に浮かんでいる。

地中海の柔らかな風が、淡く潮の匂いを運び、さらさらと娘の白い頬をなでてゆく。

フィレンツェ郊外の修道院から歩いてすぐの浜辺だった。

灰色の、もとは人工物である巨大な岩が、半ば砂に身をうずめ、微睡《まどろ》むように傾《かし》いでおり、その上に娘が一人、両手で膝を抱えて座っていた。

青い鍔《つば》付き帽子の下、白い細面《ほそおもて》の美しい貌《かお》が、微動だにせず虚空を向いている。銀に淡い蜂蜜色を溶かしたような髪が、肩のすぐ下まで滑らかに伸びて微風に揺れていた。

目は、薄い青に近い碧眼《へきがん》だった。その強い意志を秘めた目が、じっと、空に浮かぶ黒い月を見据えている。

岩の根元では、一頭の逞《たくま》しいジャーマンシェパードが目を閉じてうずくまっている。ときおり目を閉じたまま耳を立て、岩の上の娘の様子をうかがっているようだった。

　ふと風が、かすかな変調をきたした。

娘が、風の変化を察して右手を膝から離し、帽子に当てた。

岩の陰で寝そべっていた犬が、尖った耳をぴんと立て、素早く首を巡らせる。

一台の車椅子が、静かな電動音を響かせて砂丘を降りて来ていた。

車椅子の上で、赤い法衣姿の老人が犬に微笑を送って寄越す。

犬が、むっくり起き上がって、老人を出迎えた。

ひときわ強い風が波を打ち、帽子から零《こぼ》れる娘の髪を吹き上げた。

「ヴァティシニアンが結論を出した」

　老人の声が、風とともに響いた。

「多くの者がお前を使者とすることに否定的だったが、最終的な合意に達した。明日の朝、枢機卿会議における正式な通知が、お前と、世界政府準備委員会《リヴァイアサン》と、その連邦機関である世界連邦保安機構《マークエルフ》の三者に対し、同じ書面で送られることになる」

娘が岩の上で、ゆっくりと立ち上がった。その目が今、切々とした期待で輝いている。

「ヴァティシニアンの使者よ、お前の力を用いて使命を果たすが良い」

　その途端だった。

岩の上から、娘の姿が消えていた。

犬が、ぴくっと鼻っ面を宙に差し向け、それからすぐに老人の背後を向いた。

そこから、花のような香りとともに手が伸びてきて、そっと老人の両肩に置かれた。

老人の顔に苦笑が浮かんだ。

「いきなり跳ばんでくれ、ラファエル。お前はこれまでにも十分、私を驚かせてきたのだ。これ以上驚かせても、老人の悲鳴以外には、何も出て来ん」

そう言って、娘が力を行使した時に生ずる、独特の百合の花のような香りを楽しむようにしながら首を回した。

「待ちましたから。すごく待ちましたから……そのお返しです」

一瞬前の微笑のまま、娘が、そっと老人のこめかみに口づけた。

「ありがとう、お義父《とう》さま。私を行かせるために、ずいぶん苦労なさったんでしょう」

「内心では私が一番、お前を行かせたくないと思っているつもりだ」

「ごめんなさい……。そして、ありがとう」

娘が老人の骨張った肩をいたわるように撫でた。

老人は小さくうなずき、娘の座っていた岩を見つめた。

「お前をいつまでもこの亡骸の上に縛りつけておくべきではない」

ついで、その向こうの海原に目を向けた。

遠い視線の彼方に、かつて存在したものを、見る目になっていた。

かつてイタリア半島と呼ばれていたもの――ローマと呼ばれ、あるいはヴァチカンと呼ばれていたもの。今では、書物や電子メディアでしか知ることのできないもの。

そこにあった人も芸術も土地も信仰も、今は、みなもろともに漆黒の球体と化し、地球から十五万キロ離れた位置で、地球と同じ周期で公転している。

「黒い月……」

老人が、切々と呟いた。

「その恩寵は計り知れず、その悲劇もまた……。人類最初の第四次元感応者《フォース・ディメンショナー》の墓標……新たな感応力の扉……。かつて十字架が我らの信仰の象徴であったように……。お前は、いつも、ここで、あれを感じているのだね」

「はい。今日も沢山の力が地上に降りました……」

「降り注ぐ力……故郷を犠牲にした戦いの後でも、私にできるのはただ祈ることだけだ。この先、私が第三次元感覚者《サード・ディメンショナー》としての分を超えることはないだろう……」

「祈って下さい」

娘が、言った。

「眠れる月から降り注ぐ力が、人に幸いを招くものであることを」

肩に置かれた娘の手に、老人が手を重ねた。

「力の行方を見守る者よ……お前の使命が今の世に人の幸いを導くことを祈っている」

I　ハンプティ・ダンプティ、落っこちた

1

夢を見ている。

まだ、暦が、最後の審判の洗礼を受ける以前——超胞体兵器の活動停止が確認されてから、二時間余が経った頃の、いつもの夢を。

モスクワ郊外の住宅地に、装甲の剝げた戦闘用ジープが、金切り声を上げて急停止する。血と泥にまみれたパット・ラシャヴォフスキーの姿が、ジープから飛び出す。そのまま一目散に家へ駆けてゆく様を、ジープに残った者たちが、疲労に淀んだ顔で見つめている。

家は、世界の軍事解体が始まる前にパットが買ったもので、その当時から古びてはいたが、作りはしっかりしている。青々とした庭は手入れを欠かさぬ妻サーシャの賜物《たまもの》で、いつか娘のマリーヤとともに塗った、非戦者の住居を示す緑色の塗料が、夕日を受けて不気

味にきらめいている。

パットは家の全ての部屋を素早く見て回り、妻と娘の名を呼ぶ。返答はなく、パットの呼び声がどんどんヒステリックになってゆく。その声が、人の姿の消えた住宅地に空《むな》しくこだまし、ジープに乗った隊員たちの徒労感を否応なく増してゆく。

そこから数キロ離れた防衛ラインは、もはや瓦礫《がれき》の山と化していた。死の沈黙は一帯に蔓延し、あたりは場違いなくらい静穏だった。その静けさが、肌にひりひりするような毒々しい空気となって、パットの胸の中を激しくかき乱す。

家の地上に出た部分を探し終えたパットは、やがて、地下室に目を向ける。歯の噛み合わぬほどの恐怖に顎を震わせながら、地下室のドアに近づく。そして、そのドアノブに、おずおずと手を伸ばす。

ドアを開くとき、パットは神に祈る。その時だけ祈ってきたわけではない。いつでも同じことを祈ってきた。泥にまみれ銃を手にしているときも。ただ一言、無事であれ、と。そのためならば全肉体と魂を捧げ尽くして何の悔いもないのです、神よ。

そう思いながら、ドアを開く。

そして、目の前に現れた闇を呪う。

まだ無事に生きている自分を呪い、半径数十キロにわたる数十万人を殺戮した力を呪う。

凄まじい臭気が、開かれたドアの向こう、地下の闇から押し寄せてくる。

パットは、嫌がる子供のように、ゆっくりと何度も首を左右に振る。それでも、確かめないわけにはいかず、戦慄にくずおれそうになりながら足を踏み出す。階段に足を乗せると、パットの体重で、それがたわみ、ぎしっと音を立てる。地下室の階段を一つずつ降りるつど、ぎしぎし軋《きし》む音とともに、得体の知れない臭気が、全身に取り返しのつかぬほど染み込んでゆく。

地下室に降り立ち、目を凝らす。

胸の奥で動悸が激しく打っていることに気づく。荒い息が、否応なしに恐ろしい臭気を自分の肺腑に送り込んでくる。

ふいに、それが視界に映る。

避難用に、食糧と生活用具を積み重ねた一画に、悪臭を放つものが溜まっている。

自分の膝が、音を立てて床を突くのを、一瞬遅れて感じる。

完全に腰が抜けて動けない。目を逸らすこともできない。

肉も骨も溶け合い、髪が衣服と一緒にねばねばした液体にまみれて広がっている様を、息を詰めて凝視する以外になすすべがなくなる。

それ以上、一歩も進むことができず、気づけば子供のように泣き声を上げている。

泣かねば狂うだけだった。だがいっそ狂いたかった。狂気の淵はすぐそこにあった。けれども肉体が精神の狂気を許さず、泣くことで勝手に生き延びようとする。

一方で、手が、それとは別の救いを腰のホルスターに求める。

緩慢に、もたつきながら、やがて銃口の硬い感触が、こめかみに触れる。

現実感が遠のき、全身が麻痺したように弛緩《しかん》し、引き金を手探りする指だけが動く。

指に、最後の力が込もる。

そして、泣き疲れて眠る子供のように、ゆっくりと目を閉じる。

アフター・ジャッジメント〇〇一七年、九月十日――午前十時十二分。

パット・ラシャヴォフスキーは、静かに目を開いた。

クリーム色に統一された、世界連邦保安機構《マークエルフ》モスクワ支部の三階――医療科学フロアの、いつもの光景があった。

「お目覚めかね、パット？　気分はどうだね？」

傍《かたわ》らに立つ担当医師の声で、一挙に今の現実へ引き戻された。十七年前の廃墟から、復興された今の都市、今の自分に。

パットは無言でうなずいた。青みがかった濃い灰色の目で、医師を見つめ返した。

「よろしい」

まるでパットがにっこり笑って爽快だと告げたかのように医師は大きくうなずいた。

「再生用臓器の検体結果も、健《すこ》やかなものだ。若干、血糖値が上がりがちではあるがね。

専用食の素材の中に、味覚を刺激するものが多いせいだろう――」

お定まりの長々とした諸注意を、のどかなメロディが遮《さえぎ》った。

医師は電話の内線番号の表示を見やって肩をすくめた。

「十一番だ《アヂンナツツアチ》」

ベッドに横たわるパットに、どうぞ、という感じで手を振ってみせる。

パットは全身に検体用のシールを貼られた姿のまま音も立てずに起き上がった。幾重にも体から伸びるコードが絡まぬよう、そっと電話に手を伸ばし、いまだに有線式である受話器を取って耳に当てた。

「世界連邦保安機構《マークエルフ》、捜査官……ああ《ダー》、俺だ」

医師が、手持ち無沙汰な様子で髪を撫で上げているのも気にせず、しばらく電話の相手に耳を傾けた。その間ずっと目は生体パルスの表示に向けていた。電話に出たときも切ったときも、全身の鼓動に乱れはなく、戦う準備は万全だった。

「仕事です、先生《ドクトル》」

まだ何か言いたそうな医師をその一言で遮り、毎月の検体検査を、終了させた。

立ち上がったパットを、医師が、首を後ろに倒すようにして見上げた。

担当医師は最初から立ったままだったが、パットと目を合わせるには、顎を突き出すようにして見上げねばならなかった。医師が小さいのではなくパットが巨《おお》きかった。幾重にもコードが絡みつくパットの腕など、医師の足を二つ束ねたほど太い。伸縮自在の鋼鉄がうねるように動く様子は、休むことなく回転し続ける獰猛《どうもう》な大型モーターを思わせた。

だがそのくせ、ほとんど音を立てない。用心深い野生動物のように。それが長年の習慣だった。恐怖ではなく攻撃意欲によって培《つちか》われた習慣。本能と不可分の。

刈り上げた銀髪が、大理石から彫り上げた神話の兵士像のような、怜悧さと逞しさを兼ね備えた顔貌《がんぼう》を飾っている。その顔のどこにも疲労や倦怠の影はない。かつてすり切れ果てた精神は回復されていた。多くの都市が廃墟から復興したように。

医師はパットの体からシールを剥がすのを手伝いながら、

「きちんと眠りたまえ――眠りは、大切だ」

他に言うべきことが見当たらないとでもいうように、忠告した。

パットは身支度を整え、オフィスの自分のデスクに戻り、世界連邦捜査官《エルフ・ポリツァーイ》専用の携帯端末に、任務受達コードを入力した。数秒後には、昇進や給与に関わる任務領収コードが返信されている。世界標準語とドイツ語とロシア語がごちゃついた文書。

復興時に生き残っていた者同士、互いの母語の違いをとやかく言う余裕などなかった。形だけでも組織が成り立つことが重要で、みな正常さを取り戻すのに必死だった。正常と思える世界を。文句は取り戻した後で言うべきだった。そして取り戻した後では、文句を言う間もなくそれを維持するのに必死になった。誰もが。

現場に急行する飛行機の中で、続々と送られてくる情報を携帯端末で確認しながら、少しだけ眠りについて考えた。その気になれば、無睡眠で十日は動き続けられるよう改造された、自分の体について。

眠らない兵士。それがかつての誇りだし、今もよくそれにすがっていた。

2

スイスの山間にある、柔和な石造りのホテルだった。

神々《こうごう》しく周囲にそびえる峰々の雪化粧が、青空を白く切り抜くように陽光に輝いている。

何もかもが、モスクワにある世界連邦保安機構《マークエルフ》の無機質な黒い石塔のようなビルとは違っていた。人を宥《なだ》め、落ち着かせるための施設。自分が生きて呼吸し、安らかに眠るべき存在であることを思い出させるような場所だった。

パットが案内役の地元警察官とともに山道を登って辿り着いたとき、ホテルはすでに現地警察と連邦捜査官によって宿泊客ともども厳重に封鎖されていた。

ホテルの入口で、パットと同じ制服を着た捜査官が近づいてきて言った。

「部屋は八〇一です。地元警察、封鎖班と科学班および特殊技術官五名が調査中です」

パットは軽くうなずき返し、ロビーを横切った。案内役の警察官は挨拶もせずロビーにとどまった。現場に近づくことで汚染されるというように。顔に恐怖があらわれていた。同じような顔をした警察官たちがロビーに大勢いた。

封鎖された三つのエレベーターのうち、初期調査の済んだものに乗り込んだ。動いているエレベーターはそれだけだった。最上階の八階で、科学班の一団と入れ替えで降りた。柔らかな感触の絨毯の上を歩いて廊下を進み、部屋の前まで来た。

被害者の男が、ホテルの清掃員によって発見されてから、ほぼ八時間が経過していた。部屋の出入り口に立つ封鎖班員に身分証を見せ、ドアを開かせた。

南向きの広々としたスイートだった。防寒ガラスの窓に映《は》える雄大な山岳を背景に、一人の男が微動だにせず佇《たたず》んでいる。

ふとパットは来る途中の飛行機の中で考えたことを思い出していた。

被害者の男が、一見して、眠っているように見えたからだった。

それもリビングの真ん中で、立ったまま。時間が停止したように目を閉じて立ち続けている男の周囲では、保安機構《エルフ》の人間と地元の刑事が、きびきびと動き回っている。

「ご苦労」

パットが言った。部屋の全員が、はっとパットを振り向き、会釈した。

現場捜査にはうるさい特殊技術官たちでさえ、無言でパットに道を譲った。

パットは部屋の中央まで来ると、足を止めずに、被害者の周囲を、ゆっくりと一周した。灰色の軍用犬が、敵の臭いを嗅ぎ取ろうとするように。冷徹で獰猛な動きだが音は少しも立てなかった。パットのその様子を、地元の刑事たちが興味深そうに見ていた。

パットは油断のない目を当てながら、立ったままの被害者と向き合った。

五十過ぎの男。髪は茶色で、頭頂部が禿《は》げかけていた。腹は出ているが案外がっしりした体に、威風を醸《かも》し出そうとするような焦げ茶色のガウンを着ている。

シャワーを浴びたばかりらしい、湿ったままの髪。両方の手が、何かに伸ばしかけたまま凍りついたように宙に停まっている。

穏やかに閉じられた目蓋《まぶた》。かすかに開いた口は、今しも穏やかな寝息を零しそうだった。

「ジェラール・ベシエール――世界政府準備委員会《リヴァイアサン》の高官の一人で、経済数学者《エコノミック・マスマティシャン》として名を知られた男だ」

パットの背後で、特殊技術官の制服を着た若い男が、部屋に入ってきて言った。その男だけがパットに対しても遠慮する様子を見せず近づいてきた。

パットはそちらを振り向きもせず、立ったまま眠る男に、そっと手を伸ばした。猟犬が鼻を近づけるように。男の肩に触れた途端、奇妙な感覚が起きた。

霧吹きの、噴霧の中に、手を差し入れたような感覚だった。

ベシエール氏の肩が、音もなく、宙に砕けていた。

手が、何の抵抗もなく、ベシエール氏の体に潜り込んでゆく。

ガウンの下の皮膚が見えた。それが砂のように崩れ、筋肉が見えた。血管が宙に霧散し、骨が音もなく砕ける。その奥に、完全に脈動を停めた心臓が、標本のように露出した。

パットは、ベシエール氏の赤っぽい肺に触れた。それがさらさらと崩れ、宙に舞った。

細かな粒は、やがて磁力に招かれるように元の位置にふわふわと戻っていった。最初に砕けたガウンが元通りになった。いつの間にか、パットの手が、相手の体を貫通するような形になっていた。

「《混断《シュレッディング》》さ」

先ほどの若い男がパットの隣に立って唾でも吐くように言った。

報告用の携帯端末と、電子媒体用のペンを手にした、保安機構の特殊技術官だった。

黒い目に、濃い栗色の髪。髭の剃り跡が、伊達っぽく精悍な顔を飾っている。

パットよりも頭一つ小さいが、その肉体が鍛え上げられたものであることが、捜査技術官のマークの入った上着の上からでも分かる。

その馴染《なじ》みの顔に、今、せせら笑うような表情が浮かんでいる。被害者の状態に対する《緒感《エモーション》》によるものだった。笑みに強い恐怖の色が見えた。

第四次元感応力の初期兆候である、高次感受性《サイコメトリシティ》を有するその男は、

「それも、執拗にな。これをやったやつは大したサディスト野郎だ。あんたとタメを張る

かもしれんぞ、パット。保安機構の犯罪者名簿でも、これほどの紳士は見たことがない」

と私見を付け加えた。

「ライス」

パットが、たしなめるように相手の名を呼んだ。ライスはにやりと唇を吊り上げ、肩をすくめてみせた。さまになっている分、悪ふざけをしているような印象だった。

パットは、今まで何度も、楽しんでいる振りをすることで仕事のプレッシャーに耐えようとする人間を見てきたが、ライスはその度が過ぎた。始終、混乱して怯えていた者の習慣だった。一般の感覚者《サード》の視線に対し、自分は犯罪者ではないと主張する感応者《フォース》の習慣だ。

暗黒時代の魔女狩りでは誰もが朗《ほが》らかに振る舞い、笑って歌いながら魔女を焼く。悲しげな顔をする者には同じ魔女の疑いがかかるからだ。パットはそれをよく承知していた。狩る側として。狩られることを怖れる者たちの自暴自棄でさえある危険な朗らかさを。

「ヴァティシニアンから派遣員が来るそうだな、パット？」

ライスがうきうきしたように訊いてくる。

「間もなく到着する。デリケートな共同捜査だ」

「どうせ温室育ちのやわなお坊ちゃんさ。役に立たんようなら俺が直々《じきじき》にしごいてやる」

パットは何か言うべきだと思ったが、何も思いつかなかった。

被害者から手を抜くと、微かな、錆びたような臭いが、鼻をついた。

パットが言った。宙を舞いながら元の形状へ戻ろうとする豪華なガウンを着た数学者の微細な断片に、さらに鼻を近づけた。

「金属的な臭いだ」

超次元的手段を使う際に、空気中の粒子が影響を受けて変化したものだ。それは同時に、力を行使する人間独特の体臭のようなものでもあった。臭いは指紋のように感応者《フォース》によって一人一人違った。パットは、その鉄錆のような臭いを記憶しながら、

「残留芳香――」

「生命は？」

「生きてるさ。微かに意識を感じるが……思考しているかどうかは分からん」

「彼を修復できないのか」

「不可能だ。起点が分からん。それくらい切り刻んでるんだ。通常の《混断《シュレッディング》》ではせいぜい千から一万の間だが、これはそんなもんじゃないな」

ライスが口を閉ざし、被害者を凝視した。視覚ではなく、パットや他の捜査官たちが持たざる感覚で、被害者の状態把握に努めた。

「……全て立方体だ。馬鹿みたいに、丁寧に切り刻んでやがる」

ライスが言った。声に、異常なものに対する嫌悪がにじんでいた。

「幾つに分かれている」

パットが訊いた。ライスは、にやりと歓楽的な笑みを浮かべ、パットを見た。

その目にこれまでになく強い恐怖の光を見て取り、パットは相手を宥めるために静かにうなずいてやった。それから質問を繰り返した。

「幾つだ」

「三百億だ――信じられん」

これ以上ないというほど尖った笑みで、ライスが言った。

もう誰にも元には戻せない――

そんな文句が、パットの脳裏にこだましては消えていった。

「人体を空間ごと超次元的手段で刻んでます。ええ……動かせません。ホテルの床を切り取っても、そのまま宙に浮いたままでしょう。《混断《シュレッディング》》の後の《消失《ディサッピア》》の可能性については不明。現在、半径四キロにわたって調査中です」

携帯端末から口頭で報告を送りながら、ふわふわと男の穴を塞ぐ粒子のどこからか、かすかなメロディが響いてくる気がした。

――ハンプティ・ダンプティ、塀の上から落っこちた。

こういう時、いつも、その文句が、あやふやなメロディとともに耳にこだまする。

いつからだろうか。分からない。もうずっと前からだ。

——王様も家来も、元には戻せない。

確かにその通りだった。第三次元感覚者《サード・ディメンショナー》——自分たち感覚者《サード》には。そもそも人間をこういう状態にすることなど、誰一人として、できはしない。

無数の断片に砕け散り、誰一人としてそれを修復できなくなってしまったもの。

ベシエール氏も、ずいぶんとまた、ひどく高い所から突き落とされたものだった。

パットは携帯端末を静かに畳んで、上着のポケットに放り込んだ。

「ヘッドクォーターは、あと一時間ほどで到着する」

パットが言った。部屋の全員がぴりっと電気を帯びたように緊張した。

ライスの肩を叩き、部屋を出た。

背後で、バトンを渡されたライスがホテルの廊下中に響くような楽しげな声を上げた。

「手を止めるな！　定時ライン報告をヘッドクォーターが来るまでに済ませるぞ！　拘束中の一般客のヴァカンスをこれ以上奪う気か！」

ライスの嬉々とした昂揚が、群に伝わるのをパットは背で感じた。群が確実に仕事をこなそうと躍起になる様を、淡々と眺めながら、ロビーに出た。

ロビーの窓から、外縁調査の様子を見ようとして、ふと、人影に気づいた。

夕刻の山道を、誰かが歩いてホテルにやってくる。一見して非常に若かった。拘束されている宿泊客もふくめ、ホテルに居る誰よりも年が下に見えた。

だが、ホテルをまっすぐ向きながら歩みくる姿には、何か年齢を超越したような雰囲気があった。それが、まずパットの目を惹いた。

初めは、そのきびきびとした動きに、小柄な青年かとも思われたが、相手が坂を登ったところで、コートの下に水色のワンピースを着ているのが分かった。足には淡い肌色のストッキングに茶色いブーツ。背中に、小さなリュックを背負っている。

青い鍔付き帽子の下で、夕焼けにきらめく碧《あお》の瞳が、遠目にも美しかった。

傍らでは、忠実そうな貌《かお》をしたジャーマンシェパードが、悠々と連れ添っている。

首輪のない犬だ。だがパットには、その犬が、周囲の林を捜索している地元警察犬よりも、さらに高度な訓練を受けているような印象を受けた。

咄嗟《とっさ》に、封鎖班の人間に任せようと思ったが、奇妙なことにその人物から目が離せず、引き寄せられるようにしてホテルの玄関を出ていた。

そうしながら、娘の歩みくる姿の何が目を惹いたか、軽い驚きとともに理解していた。

殉教者の歩み。戦時中、ごくたまに、そう呼ばれる敵がいた。無防備な状態で姿をさらし、殺されに来たとしか思えない素振りで近づいてくる。そしてそういう敵ほど、味方に甚大な被害をもたらし、激烈な戦闘を経て死んでいった。一瞬、その娘がそういう存在に思えた。だが明らかに何かが違った。パットはホテルの前庭で足を止めて娘を見続けた。

娘と犬が坂を登りきったところで、封鎖班の男が呼び止めた。彼女が振り向き、帽子の下でポニーテールにまとめられた、プラチナブロンドの髪が揺れるのが見えた。

それで何が違うか分かった。娘の目はまっすぐでひたむきだが、周囲の全てを拒んだり忘れ去ったりしてはいなかった。殉教者と呼ばれた敵たちはもはや何も見ていなかった。彼らの敵である自分たちの存在も。ただ彼らの統率者に心の全てを譲り渡し、虚空を見つめて死んでいった。

「誰だ、あの可愛子《かわいこ》ちゃんは」

ライスが同じく建物から出てきて言った。口笛でも吹きそうな顔だったが、表情のはしばしに警戒が見て取れた。感応者《フォース》に特有の《緒　感《エモーション》》によるものだった。ライスは敏感に同類の存在を感じて外へ出てきたのだ。気づけば、保安機構に属し、感応者《フォース》の兆候を持つとされている者たち全員が、残らず玄関の外に出て娘を見ていた。

娘が、上着から封筒を出し、封鎖班の男に差し出した。

——もう誰にも元には戻せない。感覚者《サード》には。

その文句が、再びパットの脳裏に浮かび、そして消えた。

II 香《かぐ》わしき使者

1

「ヴァティシニアンからの派遣員が……到着しました」

封鎖班員は、まだ、半信半疑の様子だった。

パットは書類に目を通すと、丁寧に畳んで封筒に入れ、娘に返した。

「ご苦労」

そう告げられて、ようやく、封鎖班員は気を取り直して、任務に戻っていった。

後には、娘と犬が残された。

ライスがおっかなびっくりするのを余所《よそ》に、そのジャーマンシェパードは彼の方をちらりとも見ずにいる。焦げ茶色の目を、傍らの娘と一緒に、まっすぐパットに向けていた。

犬は群のボスを見極めるのが早いというが、この犬は格別早そうだとパットは思った。

「ヴァティシニアンの使者としてここに来ました、ラファエル・リー・ダナーです」

娘が名乗った。深い森の中で、ふいに、美しい鳥の鳴き声を聞いたような声音《こわね》だった。

「世界連邦保安機構《マークエルフ》のパット・ラシャヴォフスキー。ここの主任捜査官だ」

手を差し出すと、娘は気後《きおく》れする素振りもなく、手を握り返してきた。

パットが手を出すことを、あらかじめ《予見《ウォッチ》》していたのかもしれないと思った。手は白く細く、爪はネイキッドカラーに塗っていた。

「よろしくお願いします、ラシャヴォフスキー捜査官」

「パットで良い。こっちは、主任技術官のライス・ウォーカーだ」

「よろしく、お嬢ちゃん」

ライスが、横柄に唇を吊り上げて、ラファエルの手を握った。

パットは、ライスが何かを言い出すのに先んじてラファエルに問うた。

「君のデータは、こちらの捜査員名簿で検索できるかね、ミズ・ダナー？」

「ラファエルで結構です。私のデータは世界連邦保安機構《マークエルフ》の名簿課に転送されているはずですが……実際にお見せしたほうが早いと思います。複数の項目にまたがる感応力を持つ場合、力が影響し合って、専門家でないと事前に理解しにくい能力が現れますから」

パットはうなずき、携帯端末を取り出して確認した。もっぱら年齢と出身地だけに目を当て、後はラファエルの様子を見ていた。

十七歳。パットは感心した。今さら、いちいち第四次元感応者《フォース・ディメンショナー》に関して、若さに驚いたりはしないが、それでも、こうした立ち居振る舞いができることと、超次元的な感覚を持つこととは、別であることが、分かっていた。

パットの隙を突くようにして、ライスが挑発的な眼差しで言った。

「じゃあ、君に何ができるか、さっそく見せてもらうとするか、ラファエル」

「はい」

「彼の紹介がまだだな」

ライスが言うと、ラファエルは、ちょっと膝を屈めて犬の首を撫で、応じた。

「ヘミングウェイです。とても良い子です」

ライスが大げさに顔をしかめた。大戦後に最も早く復興したアメリカ群島のニューヨーク島出身であることを誇りにするような傲岸《ごうがん》さでかぶりを振り、

「読むのかい、ヘミングウェイを」

「修道院の図書室にあって……」

「俺は全部読んでる。ビッグ・アップルの出身でな。君は……この端末の情報だと、フィレンツェ？　昼寝好きのイタリア人にもヘミングウェイのタフネスは理解できるのか？」

「はい。奥さんが亡くなって、お酒に溺れたことも知っています」

ラファエルが、屈託のない真面目な調子で言った。ライスの顔が、ちょっと引きつった。

パットは、豊富で面倒な話題を振りまこうと意気込むライスを遮って言った。

「捜査技術の初見参考人として、さっそく意見を聞きたい。荷物はフロントに預けてくれ」

「はい。この子も一緒で良いですか？」

「その犬は訓練を施されているのか？」

「力《フォース》の香りについて多くを学んでいます」

「感応者《フォース》の残留芳香の識別や追跡ができる？」

「はい」

「彼の体毛やDNAデータは？」

「私のデータと一緒にそちらにお渡ししているはずです」

「よし、それなら彼が不審な体毛をばらまいて科学班を混乱させることはないだろう。ライス？」

ライスは口をつぐみ、有能な技術官ぶってうなずいてみせた。ちらりと娘に向けられたライスの目に激しい感情がにじみ出ていた。感応者《フォース》として、感覚者《サード》が作り上げた組織に参加し、最前線の現場で働いて有能さを示すことで、ライスは戦後の社会に適応した。そのライスからしてみれば、感応者《フォース》の教育機関として名高いヴァティシニアンには、嫉妬を通り越して敵意に近い感情を抱いているのだ。ほんのひと握りの保護された感応者《フォース》たち。家族、同胞、理解、共感——おそらくライスがティーンエイジャーの頃、どれほど欲しても手に入らなかったものを、たっぷり享受して育った娘だった。ライスが執拗な眼差しをラファエルに向ける一方、ラファエルもヘミングウェイも、そんな眼差しを寄せ付けぬ毅然とした姿を見せている。

そうした感応者《フォース》同士の反感を、どこか遠いもののように背に感じながら、パットは被害者の立ちつくす部屋に戻った。

「意図的に《消失《ディサッピア》》を抑えています」

ラファエルが言った。部屋に一歩入った瞬間だった。ライスが目を剝いた。

その声とラファエルの姿に、現場で働く者たちが、一様にぽかんとした顔になる。

「《混断《シュレッディング》》は一括して行っています。相手の顔や手といった部分から始めたのではないんです。おそらくバスルームから出てくるのをここで待ち構えていて、一撃で仕留めています」

「計画的に？」パットが訊いた。

「はい。相手に恐怖を与えようという気もありません。《混断《シュレッディング》》後に再び肉体を《結合《コネクト》》できるよう、わざと肉体の一部を切り離しています。おそらく、人質のつもりでしょう。この人たちは、これからすることに対して、とても厳粛で、同時にわくわくしています」

「相手は複数だと？」

「何を根拠に――」

ライスが口を挟もうとしたが、ラファエルが先に結論を述べた。

「はい。この段階で《混断《シュレッディング》》能力を見せる代表者が一人。後片づけの役目が一人。全体の進行を監視する役目が一人。最低三人……そして指示を与える役目が一人……」

ほとんど虚《うつ》ろな、瞑想していると言っていいような表情だった。《緒感《エモーション》》を最大限に発揮してこの空間で起こったことを精密に感応しているのだろう。

パットは、ちらっと、ラファエルのデータを端末で見直した。

〝跳躍追跡〟〝時空間遠視〟〝立体透視〟〝結節〟〝内包〟〝胞体所持〟

〝感情視〟〝残留思念視〟〝整合〟……

延々と続き、そこに《混断《シュレッディング》》が基礎項目として含まれているのを見て、データを閉じた。

「この男性を護衛していた方々は、四名ですか？」

ラファエルが表情をもとの毅然としたものに戻しながらパットを振り返った。

ベシエール氏が、常に優秀なスイス人ボディガードを身の回りに置いていたことなど、一言も話していない。だがパットも、もはやそんなことに構ったりはしなかった。ライスでさえ沈黙し、他の捜査官や技術官らとともにラファエルを驚きの眼差しで見ていた。

「そう、記録では四名だ」

「その四人は、《混断》以外の力で片づけられています。捜査の過程で徐々に分かるように、一人の人間が複数の能力を持っているように見せかけようとしています」

「さっき、君が言っていた、肉体が部分的に切り取られているというのは……？」

パットが訊いた。ラファエルは、パットに目を向けたまま、ただうなずいた。

すでにパットが答えを察していることを、理解している顔だった。

「俺の目にも見えるようにできるか？」

「数秒くらいでしたら……」

パットは、手振りで、カメラを手にした調査官を招いた。

それから、呆然とするライスの肩を叩いてやった。

ライスはあんぐりと口を開けたまま棒立ちになっており、雪が降って草が見えなくなったせいで、餌がどこにあるのか分からなくなった羊さながらだった。

だが、どれだけラファエルが飛び抜けた感応者《フォース》であろうとも、ライスが保安機構の精鋭であることに変わりはなかった。ライスはまた我を取り戻し、ファイルを構え、一方の手にペンを握り、被害者に意識を集中させた。

ラファエルが、ベシエール氏に向かって、相手の頬を撫でるように、手を差し伸べた。

その指先が、音もなくベシエール氏の頬に潜り込み、微細な粒子が舞った。

かすかに、花の香りがした。

ラファエルの右手が、水をかき分けるように、ベシエール氏の顔面を通り過ぎてゆく。

ベシエール氏の顔の上半分が崩れた。それから、ふわふわと無数の羽虫が飛び集まるようにして元通りになってゆく。パットの脳裏にハンプティ・ダンプティが連想された。テープを逆回しにするように、砕けた卵が塀の上に再び戻ってゆくのを想像した。

ラファエルの手で慰撫《いぶ》されたことで、ベシエール氏は、いっとき目覚めたように見えた。

だがそれは、本人でさえ望まざる覚醒だったに違いない。

調査官が、数秒の間にできる限りの写真を撮るべく、シャッターを押し続けた。

フラッシュがベシエール氏の顔を焚《た》き上げるたびに、部屋に言いしれぬ戦慄が走った。

今、切り取られた部分が、はっきりとあらわになっていた。

ベシエール氏の、開かれた目蓋の狭間――その眼窩に、赤黒い虚空が淀んでいる。

やがて、その目蓋が粉々に崩れ、砂時計の砂が落ちてゆくように元の閉ざされた状態になるまで、その虚空は、ベシエール氏の上げる悲鳴の代わりとなった。

誰もが無言だった。ヘミングウェイだけが、パットと同じようなまなざしで、ベシエール氏を見つめていた。敵の痕跡や臭いを嗅ぎとり、しっかりと記憶するように。

「《結合《コネクト》》の起点として眼球を切り取ると決めた上で、《混断《シュレッディング》》を行ったんです」

ラファエルが言った。

「両方の眼球を取り戻さない限り、彼は元には戻りません」

パットの中で、両目をくり貫《ぬ》かれたハンプティ・ダンプティの姿が思い浮かんでいた。

2

「ヘッドクォーターの到着です」

封鎖班の一人が報告する間もなく、上空でジェット・ヘリが着陸体勢をとる音が轟いた。

ライスがファイルから顔を上げ、パットに向かってうなずいた。他の人間も、ヘッドクォーターがデータ不足で怒り出すのを事前に防ぐ努力をしなくて良さそうだった。

「間に合ったな」

パットが腕時計に目を当て、言った。

現地時間で、午後五時三十二分。モスクワでは今頃、午後七時半を回っている。

被害者が発見されてから、二十一時間が経過していた。

ホテルの裏庭に、ヘリが降りてきた。

世界連邦保安機構《マークエルフ》の本部がある北ドイツから、ほとんどマッハで飛んできた機体である。

ライスとラファエルらをつれて庭に降りてゆくと、タラップが開き、保安機構の優秀な捜査官たちが、護衛形で現れ、散開した。

その後ろから、地面と一定の距離を保って浮かぶ、奇妙な卵形の物体が現れた。

何よりも硬く、同時に柔らかいため、どんな衝撃でも破れない特殊繊維に何重にも覆われた保護ポッドだった。銀色に塗られたダチョウの卵のようなそれが、宙に浮かんだまま、ホテルに向かってやってくる。

「ハードのセットを、あと十分で完了しろ」

ダチョウの卵が、声を放った。

「次の五分で全データ転送を終わらせ、次の一分で私を今事件の特設サーバーに接続。その上でブリーフィングの用意をしたまえ」

ホテルに入ったところで、ダチョウの卵に亀裂が走った。

ぱりぱりと乾いた音を立てて保護シェルが解除され、ポッドの底部に収められてゆく。

その卵の殻の中から、やけに血色の良い、細面の老人の首が出てきた。

頭は見事なまでに禿げ上がり、雪のように白い眉と髭が、綺麗にカットされている。

鋭い刃で切り込んだような皺が、厳《いか》めしくその頭部全体を飾っており、鋭い目つきで周囲を睨むつど、その皺の模様それ自体が無言の威圧の声を放つように、きびきびと動いた。

パットがふとラファエルに目を移すと、それまで落ち着き払っていたのが、急に子供っぽい驚きの顔になって、宙を飛ぶ老人の首に、目を丸くしている。

「クソオヤジめ……いつ見てもフットボールを連想する」

ライスが毒づいた。パットは肩をすくめてやった。これから、そのボールに、蹴り上げられるのは、ここにいる全員の方なのだ。

老人の首がパットたちのいる方へ漂ってきた。一見剝き出しだが、実際は、不可視のステラ波が透明な白身のように頭部を保護している。そのせいで、老人の周囲の風景がときおり歪んで見えた。

老人がパットに言った。

「一般客やホテルのオーナーの事情聴取は終わったようだな。データを解析し直した後、もう一度聴取するまで、休んでいてもらえ。私の接続が終わり次第、ブリーフィングだ。それまで、世界政府準備委員会の栄えある十一番目《マークエルフ》の機構の使命をよく思い出しておけ」

「了解です、ヘッド」

てきぱきとパットに命令を飛ばしたかと思うと、ふいにラファエルの方を向いた。

ラファエルが、ちょっと気後れしたように身をそらす。

「初めまして、私……」

「こちらのお嬢さんは……ラファエル、ふむ。トマス枢機卿の娘さんか。素敵な名だ」

宙に浮く頭部が言う。

さすがのラファエルが、一瞬、きょとんとした顔になった。それから、保護ポッドに転送されたデータを老人が脳裏で読んだのだと悟ったらしく、物怖じせず微笑んで言った。

「初めまして、ラファエル・リー・ダナーです」

「私はオーギュスト・グールド捜査顧問――この事件の最高指揮官《ヘッドクォーター》だ。〝ヘッド〟というのが公開名にしてニックネームだが、あまりに直截すぎて面白味がない。代わりに何か思いついたら私にメールをくれたまえ。君は現時点より私の指揮下にある。君への指示は、二次項目として書類上では処理される。つまり、ここにいるラシャヴォフスキー捜査官が、君の行動に直接指示を下す人間になる」

「ヘッド、それはいつ……」

口を挟もうとするパットを、くるりとオーギュスト・〝ヘッド〟・グールドが振り向いて遮った。

「百四十分前に、当該事件第七十九番目の決定事項として私が指令伝達の任を帯びた。ヴァティシニアンも了承済みだ。さすが第四次元感応者《フォース・ディメンショナー》の養成機関としてトップを誇るヴァティシニアンだな。彼女はとても優秀だ。互いにパートナーとしてこの件に当たりたまえ」

それからまた、くるっとラファエルを向いた。まるで、喋る独楽《こま》だった。

「パットは私たちが誇る捜査官であり、優秀な人間狩人《メンシエンイエーガー》だ。そこの素敵な犬のライバルというわけだな。彼はこれまでに十七人もの第四次元感応者《フォース・ディメンショナー》を仕留めている。そのうちの二人は、バックアップを失った状態でだ。第三次元感覚者《サード・ディメンショナー》の身でそんな偉業を果たした者は、先の大戦でも数えるほどしかいない。お互いを信頼し合って事に当たってくれたまえ」

そのまま宙を飛んでホテルに入ろうとするオーギュストに、ラファエルが声をかけた。

「〝ヘッド〟の代わりに、〝ヨハネ〟を名乗られたらいかがですか」

オーギュストがくるりと振り返った。

「由来は？」

「洗礼者ヨハネは、ヘロデ王の二度目の結婚に反対して、首を斬られました。首は皿に乗せられて、首を斬らせるよう進言した王妃のもとに捧げられました」

「ふーむ」

オーギュストが真顔で唸った。床からの位置がちょっと高くなっていた。

「由来の説明が複雑すぎる。それに、キリスト教徒以外の人間からは反感を受けそうだ。だが、キリスト教徒相手には、良いアイディアだな。百六番目の候補に挙げておこう」

それから、元の高さに戻ると、ロビーに漂っていった。護衛役の捜査官たちが、ぞろぞろとその後に続いた。

「いちいち現場にしゃしゃり出てきやがる。大人しく会議室の置物になってたらどうだ」

ライスが毒づいた。パットは淡々とした調子で宥めて、

「世界政府準備委員会《リヴァイアサン》の手前、連邦組織の高官が現場で待機するに越したことはない」

それから、ふと気になってラファエルを見やった。

ラファエルはくすくす笑っていた。だがパットは、念のため言った。

「気を悪くしないでほしい」

「別に、気を悪くはしていません。ヴァティシニアンにも、ああいった方がいますので」

ライスが、口笛を吹きながら笑った。

「ヴァティシニアンにも、ああいう頭脳労働者《ブレイン・ワーカー》が？　どうやって十字を切るんだ？」

「いえ……性格のことです。外界に身をさらす頭脳労働者《ブレイン・ワーカー》は初めて見ました」

「露出狂なのさ。そういう男に興味が？」

突っかかろうとするライスに、パットとヘミングウェイが、同時に目を向けた。

二頭の猟犬に見据えられたライスが口をつぐんだ。

パットは、ちらっとヘミングウェイと目を合わせ、それからラファエルに言った。

「多くの頭脳労働者《ブレイン・ワーカー》は、殻《シェル》に覆われて五感を閉ざし、コンピューターの一部になることを望むが、彼は異端児だし、そのことを誇りにしている。嗅覚マトリクスの理論者でもある。彼が発案した感応者《フォース》の残留芳香の検出法は、世界的に使用されている」

「部下の香水やシェービングジェルのブランドをいちいち嗅ぎ当ててからかうのが好きなのさ。自分じゃもうつけられないからな。頭脳労働者《ブレイン・ワーカー》は全身脱毛が普通だ。あの髪もかつらさ」

「聡明な方なのですね」

パットの言葉にだけ応えて、ラファエルは感心したようにうなずいている。皮肉でもなんでもない。ヴァティシニアンからの派遣員の多くがそうであるように、ラファエルもひどく純粋そうで、そして冷静そのものだった。十七歳。冷静すぎるくらいに。

ライスが何か皮肉っぽく言い添えかけたところへ、ヘッドの声が遠くから響き渡った。

「ライス・ウォーカー主任技術官！ まさか感応者《フォース》の痕跡データはこれだけかね⁉」

雷鳴みたいな声にライスが跳び上がり、そちらへすっ飛んでいった。ラファエルがまたもやきょとんとした顔になる。ヘミングウェイはじろりとした目をそちらへ向けていた。群のトップが移動したことを、敏感に察しているらしかった。

ラファエルがパットに向かって遠慮がちに言った。

「私、あなたのパートナーなんですね……パット。それとも部下と、〝ヘッド〟はおっしゃりたかったんでしょうか」

「彼は保安機構の要人だ。政治的な立場があって、ああいう言い方になる。現場ではなるべく俺の指揮下にいてくれとしか言いようがない。俺も、適切に指示するよう心懸けたい」

ラファエルが柔らかく微笑んで了解の意志を示してみせた。

その途端、ヘミングウェイが、じろっと、狼のような目でパットを見た。

主人共々、いちいち的確な判断をする犬だと、パットは感心した。

3

そのヘミングウェイが出席を許可されたブリーフィングは、エンジニアの猛烈な働きによって、オーギュスト到着より二十五分後に行われた。

「一時間後には、保安機構本部で正式な記者会見が行われる」

全員の注視を受けながら、悠然と宙に浮くオーギュストが、言った。

「つまり、それまでに、ここに居る全員が次の捜査レベルに移行しろということだ。それぞれの役割と目的と手段を明確に把握したまえ。まずは被害者について詰める」

オーギュストがそう言って傍らに立つパットに目配せした。

パットが携帯端末を操作し、作戦室と化したホテルのパーティルームの壁に張られたペーパー・ディスプレイに、ベシエール氏の現在と過去の姿を表示した。

めいめいに椅子を確保して着席した皆に、パットが言った。

「ジェラール・ベシエール、フランスのリヨン出身。世界政府準備委員会の二番目の組織《マークツヴァイ》である世界経済調整機構の顧問格の一人だ。数学者、経済学者、群論学者。慈悲深きプロテスタント募金教会理事、リヨン市功労表彰者、戦時功労賞受賞者……」

長々と述べられる肩書きに、皆がうんざりした顔になった。それだけ、焦点を当てるべき人間関係など、捜査対象が増えることになるからだ。

パットは彼らの顔を淡々と眺めながら、残りの肩書きを言い終えた。

ヘッドが続けた。

「今の肩書きの順番は、心理科学課の分析に基づいている。すなわちベシエール氏が自分を誇る上での順番というわけだ。以上の肩書きから推測される、彼の〝公的な敵〟を絞り出すルートが一つ。また、彼の〝私的な敵〟を絞り出すルートが一つ。両者の対抗として、直接、感応者《フォース》の能力から推測される犯人像を追うルートを設定する」

「世界政府準備委員会《リヴァイアサン》そのものに対する敵から、絞り出すのは？」捜査官の一人が訊いた。そのほうが早いというような口調だった。

「複雑怪奇なる化け物《リヴァイアサン》に対し、敵意を表明している組織に関しては、世界連邦軍《マークドライ》から資料が提供されている。だが、あまりに膨大で、肉体労働者《ボディ・ワーカー》であるお前たちには向かない。すでに保安機構の頭脳労働者《ブレイン・ワーカー》の大半を当たらせている。その分析結果は、常にお前たちの捜査結果とクロスアウトさせて、ターゲットを絞り込んでいく」

「感応者《フォース》としての登録がされていない者に関しては？」別の捜査官が後ろの方で手を挙げ

た。

　オーギュストが、宙で、パットに向かって顎をしゃくった。

　パットは手を上げた捜査官を見つめ返しつつ、視界の隅に、最前列に座って真剣な面持ちでこちらを見ているラファエルをとらえながら、言った。

「二十年前の大戦開始時に、十六歳から二十五歳であった感覚者《サード》を〝仮定感応者〟として絞り込みルートにふくめる」

「拘束できますか？」

「大戦時、様々なきっかけによって、感覚者《サード》から感応者《フォース》に移行した者は推定で二億人。そのうち連邦医療健康機構《マークゼクス》に登録されていない可能性のある者は一割強いると見られている。そうした登録違反者で、かつ今事件に関与している確たる証拠があるときは、ヘッドの判断で無期限に拘束が可能だ。連邦法治機構《マークアイン》からの許可は出ている」

　パットが告げると、捜査官の間で、意外そうな声が上がった。

「人権無視だなどと言う時代錯誤な批判はよしたまえよ。要は、感覚者《サード》か感応者《フォース》か、区別できないことを理由に逮捕不能になることを避けるための方便だ。いずれにせよ、確たる証拠もなしに拘束したと上層部から判断されたときは、私の首が飛ぶ」

　オーギュストが皮肉っぽい笑みを浮かべた。ぱっと画面の一部に組織表が現れ、

「現在、捜査の協力体制は以下の通りだ」

オーギュストの言下、一斉に皆の目がそれを見やった。
世界政府準備委員会の、十二の下部組織である連邦機構のうち、
一番目の組織である、連邦法治機構、
二番目の組織である、世界経済調整機構、
三番目の組織である、世界連邦軍、
四番目の組織である、連邦司法裁判所、
五番目の組織である、信託統治機構、
六番目の組織である、連邦医療健康機構、
八番目の組織である、連邦総合開発機構、
これらが、全面的に捜査を支援する体制にあることが示された。また一方で、
七番目の組織である、世界交通機構、
九番目の組織である、世界通信機構、
十番目の組織である、連邦政治局、
十二番目の組織である、世界宗教文化機構、
これらが、限定された条件のもとで、十一番目の組織である連邦保安機構に協力していた。
「いつもは、十二本の組織が絡《しっぽ》まって身動きのとれぬ化け物《リヴァイアサン》も、重要人物が被害者の場合

は、単純な対応をするということだな。過去十七年間、出生登録がある者は全世界的な感応力保持の調査がなされているので、頭脳労働者《ブレイン・ワーカー》がこれらの追跡にあたる。出生登録さえされていない者は、肉体労働者《ボディ・ワーカー》であるお前たちの、五感と——第六感によって絞り出せ」

「世界連邦軍《マークドライ》からの応援は、公式ですか？」

パットとオーギュストが、ほとんど同時に、馬鹿げた質問を放った捜査官に目を向けた。

「お前は——終戦時、十四歳か……」

オーギュストが脳裏で相手の経歴を読みながら、目を細めて相手を見つめた。

「先の大戦を直接体験していない者に、くれぐれも言っておく。世界連邦軍からの応援は、全てが非公式だ。平和憲章によって成り立っている世界連邦軍を、公式に出動させることがどういうことか、先輩たちからよく聞いておけ。絶対にそうなってはならず、決してそうはさせないために、我々がいるのだということも」

全員が口をつぐんだ。沈黙が湧いていた。オーギュストは的確にこの集団の使命感を刺激したのだ。あるいは、旧世紀の宗教的権威にもとづき育成された感応者《フォース》である、若い娘の使命感も。

「このホテルに残された証拠物件に関して、特殊技術官からの現状報告だ」

オーギュストの言葉に従ってパットが画像を切り替えた。

ホテルの内外を映したものが一覧され、

「被害者が超次元的手段で切り刻まれたのは、約二十三時間前——午前七時頃だ。早朝なのは、この一帯の地形と交通機関のせいだろう。犯人は迷わずにベシエール氏を見つけ、待ち伏せ、仕留め、逃走している。彼らが逃走に超次元的手段を用いた可能性は？　ライス」

ライスが座ったまま、無言で、自分の報告用の携帯端末を手で振ってみせた。

「要点を、口頭で発表しろ、ライス」

パットが命じた。ライスは肩をすくて立ち上がり、ちらりとラファエルを見て、言った。

「幾つかのドアの鍵が、《混断《シュレッディング》》されていますが、それ以外では、痕跡は見当たりません。空間跳躍、浮遊、飛行、物理通過など、一切行われていません」

オーギュストが、じろりとライスを見やって言う。

「ふむ……残留芳香の検出結果は、三種類と出ている。うち、二種類は、非常に巧妙に消臭されていた。おそらく、四人目の感応者の仕業だろう。これら四人が、逃走経路に、超次元的手段を用いない理由は？」

「感応力を持っていないか、もしくは、奥の手として隠しているかのどちらかです」

「検出器にもなかなか引っ掛からず、ヴァティシニアンの使者から忠告がなければ、見逃していたくらいにかね」

「時間をかければ見つけられましたよ」

ライスはきっぱり言って続けた。

「一つは林で検出されています。残留芳香の発生ののち短時間で〝無臭〟状態を作るには、大がかりな装備と騒音を伴うはずです。この〝無臭〟は明らかに空間操作によるもので、四人目はその達人と見るべきです。にもかかわらず率先して逃走経路を確保しようとしないのは、自分の残留芳香を消せず、痕跡が残ることを恐れたせいでしょう。要するに自分の正体を明かしたくない黒幕、指導的立場の人物が、そいつだということです」

「けっこう。おのおの残留芳香のサンプルを確認したまえ」

オーギュストが言った。ライスがうやうやしくお辞儀をして着席した。技術官たちが、検出された残留芳香から作られたサンプル紙をみなに回した。

ラファエルも——ヘミングウェイも、小さなビニールに入れられた黄色いリトマス紙のような紙切れを受け取り、鼻に当て、匂いを記憶していた。

「空間操作に長《た》けた四人目の犯人のこうした隠蔽行為は、それだけ自分自身の存在を消臭したいという気持ちの表れに他ならない。これは四人目の犯人の癖なのだ。そのことから、四人目が登録から逃れた感応者《フォース》である可能性が非常に高い」

サンプルA＝鉄錆のような臭い——サンプルB＝若い竹の葉のような香り——サンプルC＝高価な皮革製品のような匂い。

そしてまた、嗅覚を刺激するものを何も放たぬ、〝消臭〟後の虚空の匂い。

それらが敵の具体的な印象として捜査官たちの脳裏に刻みこまれるとともに、画像が切り替わった。

ホテルの廊下、裏庭、そして周囲の林の画像だった。廊下と裏庭には、一見して何だか分からない黒い粒がびっしりと落ちている。

「科学班によれば、昆虫か小型動物の糞だ。それが大量にこのホテルの周囲に散らばっている。比較検証のため、このホテルに出る昆虫やネズミを捕獲させているところだ」

「虫や動物を使って、ボディガードを殺した？」

捜査官の一人が顔をしかめて訊いた。

「その可能性は高い。糞から検出された繊維は、人間の衣服に使われる化学製品に酷似している。大量の小動物に食わせ、死体を始末した可能性がある。この糞が発見された付近で、二種類目の——サンプルB……竹の葉に似た残留芳香が検出されている」

「神よ……糞食らえ」

パットはその言葉を放った者をちらりと見たが何も言わなかった。軍人時代と違って、パットの中で、神はすでに死んでいたから、今さら糞を食おうが垂れようが、構いはしなかった。それはどの捜査官たちも同じようだった。オーギュストでさえも。ただ一人、ラファエルだけが一瞬、悲しそうに目を伏せ、それからますます真剣な様子で画像を見つめた。

さらに画像が切り替わる。林の画像だった。パットが言った。

「これが三種類目の残留芳香が検出された場所だ――サンプルC……牛革をなめしたような匂いだ。レザージャケットと十分に比較し、混同するな。これが検出された周囲に、血痕がある。ベシエール氏についたボディガードの一人と同定されている。屋外で一人。屋内でベシエール氏および三人のボディガードがやられた。敵はきわめて強力な能力の持ち主で、かつ連携に慣れている。そしてこの血痕の近辺だが……ライス？」

画像がまた切り替わった。草むらの底に、金属が散らばっていた。ライスが言った。

「見た通り鏡だ。砕かれた鏡の破片が落ちていた。これが何に用いられたのかは分からん。感応力を発揮する際の、瞑想の道具かもしれない。指紋はなし。精神感応にも反応せず。綺麗に〝掃除〟済みか、偶然そこに落ちていた可能性もある」

これまで現れた画像が、全て等分の大きさになって一覧された。

「以上だ。情報は常に端末で確認しろ。……ラファエル・リー・ダナー？」

「はい」

ラファエルが、すっと背筋を伸ばしてオーギュストを振り向く。

「君はこうした事件に何度か関わっているようだね？」

「はい」

「何か我々がヒントにできるようなことは？　ふむ、前に出てきて話してくれるかね？」

ラファエルは気後れする様子もなく立ち上がった。ヘミングウェイがかすかに身を上げ、ラファエルに敵意を抱く者がいないか見張るような風で、捜査官たちを見ていた。

ラファエルが、捜査官たちの前に出て、場違いなくらい澄んだ声で告げた。

「まずサンプルAの残留芳香ですが、これを残した人は子供か、子供に近い精神年齢の男性だと思います。《混断《シュレッディング》》は、もともと男性的・幼児的な解放感を求めた結果であることが多いんです。今回の《混断《シュレッディング》》の特徴は、一撃であること、その分割数の多さ、そして結合のためにわざわざ両目を切り取っていることです。私の《緒感《エモーション》》では、子供っぽいわくわくした気持ちであるにもかかわらず、非常に抑制の利いた計画性が感じられます。こうなるには、信頼できる保護者のような存在が必要です」

「保護者同伴？」

さきほど、糞に関して神をなじった男が言った。ラファエルは静かにうなずいてみせた。

「本当の肉親ではなくても、教師のような……何でも話せて、何でもその人の言う通りにすべきだと思える相手です」

「心理科学班みたいなことを言う根拠は？」

ライスが、言葉を挟む。ラファエルは全員を見渡して言った。

「それが四人目の力を決定している可能性が高いからです。保護者や教師、あるいは支配者としての精神によって、空間操作能力が発揮される場合が多いんです。サンプルAと四人目は、お互いに心のかたちが、ぴったり合っています」

「四人目は実在する？　このホテルに居たのか？　それとも遠隔？」

捜査官たちが、水色のワンピースを着た娘に、一斉に質問とも非難ともつかぬ声を飛ばす。ライスをはじめとする特殊技術官たちは、はなから耳を貸す気もない顔でいる。それでもラファエルは、すぐそばにいるパットやヘッドに助けを求めようとはしなかった。ただの一度も。パットは心の中で唸った。彼女が来たのは助けるためであり、助けられるためではないのだ。それが態度にはっきり出ている分、捜査官たちの反感を大いに刺激していた。

「それは分かりません。林にあった鏡がヒントです。《同時並在《ダブル・エグジスト》》の可能性もあります」

「もう一人の自分《ドッペルゲンガー》を作り出せるのか？」

「三人のうちの誰かが、そういう力を持っているのかもしれません。自分の分身だけでなく、もう一人の他人《アナザーネイバー》をも作り出す力です。どちらも、よく感応力の制御に鏡が使われます。サンプルCの人間が、どこか遠くにいる四人目を、このホテルに〝並在〟させたのだと思います。空間操作をされたのに残留芳香が完全に消えていないのは、〝並在〟が本人の力ではなかったため、空間操作が発揮しきれなかったからです」

「なぜそう言える？　根拠は？」

「可能性だ、諸君。事実と可能性のバランスを取りながら、彼女の話を聞きたまえ」

オーギュストが言った。

パットはじっと黙って、その様子を見つめた。派遣された者を歓迎すべきかどうか、自分の判断ではなく、互いの態度から推《お》し量ろうとする捜査官たちのせめぎ合いを。

捜査とは関係のないいざこざを一掃するようにオーギュストが顎をしゃくる。

「それでラファエル、サンプルBに関する力に、心当たりはあるかね？」

「……大量の小動物を何かの裏側に用意しておいたと思います。おそらく自分の体か、身近な物の中に。わざわざ小動物を使う理由は、もともと好きだからかもしれません……手にとって可愛がるというより、それ以外の理由で」

「しかしその場合、小動物がどこかに行ってしまったり、死んだりして、サンプルとして発見されるはずだ。ホテルのどこにも、小動物自体が見つかっていない」

ライスが口を出す。

「壁の一部や、落ちている石などを、一時的に小動物に《変貌《リクリエイト》》させた可能性は？」

捜査官たちに余計な質問をさせぬため、オーギュストが訊いた。

「このホテルにある全ての物質に、変形させられた形跡はありません。小動物が残されていないのは、四人目の努力だと思います。ただ、サンプルBはそれに反発しています。小動物は……サンプルBにとって自慢の道具で、それを見せつけたい欲求が感じられます」

「犯人像をそこまで詳細に語れる理由はなんなんだ？」

技術官の一人が呟くように訊いた。

「犯人が彼女の親戚だからだろうさ」

ライスが言った。忍びやかな笑いが捜査官たちの間で起こった。

ラファエルの頬がかすかに紅潮し——すぐに平常に戻った。その自制心の強さにパットの方が大いに驚かされた。ヘミングウェイも微動だにせずただラファエルを見ていた。

捜査官たちの笑いを噴き消すように、オーギュストが大声で告げた。

「ありがとう、ラファエル。ブリーフィングのデータは、地元警察および、主要な警察機構にも配信される。定時ラインの基準時は、このホテルに合わせるように。以上——解散だ。パットと、あと、主任捜査経験者は、残りたまえ」

五人の捜査官を残し、ぞろぞろと他の捜査官たちが部屋を出ていった。

ラファエルは、ヘミングウェイをつれて一番最後に部屋を出た。パットが来るまで、ホテルのロビーで待機するよう言われていた。

ソファに座り込むラファエルの前に、誰かが影を落とした。

「大したご高説だな」

ラファエルが何か言う前に、ライスが、一見にこやかに目を見開き、そう口にした。

「無能な俺たちのために、ひと肌脱いでくれるってわけだ。感心だが、気をつけたほうが良い。俺の経験上、そういう態度は必ず、しっぺ返しを食らうもんだ」

ラファエルは真顔で相手を見上げ、言った。

「私があなたにそうすることはありません。ですからどうか、安心して下さい」

ライスの全身が強張《こわば》った。さらに何かを言おうとしたが、馬鹿にしたように笑うと、ヘミングウェイに軽く会釈し、足早にロビーを去っていった。

ソファにうずくまるラファエルの膝頭を、ヘミングウェイが鼻先でつついた。

ラファエルは、ヘミングウェイを撫でながら、

「仕方がないわ」

微笑んで呟いた。疲れたような顔だった。

「私は部外者だもの。ヴァティシニアンに対する敵意がないだけまし……反感や好奇心には慣れてるし、パットは良い人よ」

4

シャルコー・クリニックは、先の大戦で焦土と化してのち、完璧に完璧を重ねて来るべき新たな時代のために整えられたパリの中でも、一級に整然とした建物だった。

エコロジックな観点から、太陽電池と完璧なリサイクル施設を備え、外壁には瑞々しいツタが這い、春には愛らしい薔薇が咲き乱れる。

心理行動学の観点から、最も人をリラックスさせるための工夫が建物の内外に凝らされており、苦痛に虐《しいた》げられ、さまよい続ける羊たちの行き着く目印、連邦医療健康機構《マークゼクス》の公認標章が、クリニックの看板の下に、控えめでさりげなくプリントされている。

今、パリで最も繁盛している個人診療所のその待合室では、何人かの来診者とともに、一人の青年が、ちょっともじもじしながら座り心地のいいソファに尻を乗せている。

時々、ズボンのベルトに差し込まれた硬い物の感触を、黒っぽいフリースのジャケットの上から手で触れ、にんまりと子供のように笑むのだった。

「ピエール・ラパンさん、先生がお待ちになってますよ」

ふいに看護婦が呼び、青年は、血色の悪い顔に、そこだけやけに生き生きとした目をきょろっと剥いて立ち上がった。

ぎくしゃくとカウンターの看護婦に会釈し、どきどきと胸を高鳴らせながら、遊戯室を通り抜け、カウンセリング・ルームに向かって歩いていった。

顔を赤らめ、ドアを開ける。ノックする必要はない。先生が、いつでもそこは開いているとおっしゃって下さったからだ。

「おお、ピエール。君の顔を早く見たかったよ」

ピエールはきちんとドアを閉め、先生の姿を探した。

「先日は、とてもよい仕事をしたね。スイスの空気はどうだったかな」

声はするが姿はない。ピエールはきょろきょろとあたりを見回し、間もなく、デスクの脇の壁に設置された、大きな鏡の中に先生の姿を見出していた。

「せんせぇええ。山が綺麗だったよ。冷たい空気は嫌いだけど我慢したよ」

ピエールは嬉しそうに笑い、ぴょんぴょんと爪先で跳ねた。

「そうかそうか。さ、ピエール、座りなさい。おっと、そっちではない。今日は特別に、そちらの私の椅子に座りなさい」

鏡の中の先生が言った。ピエールは言われた通り、胸を高鳴らせながら、いつもは先生が座っている椅子に尻を下ろした。

先生は時々、こんな風に、ピエールを驚かせ、喜ばせてくれる。自分が先生の椅子に座れるなんて！　しかも鏡の中では先生がまさしく同じ椅子に座っている。もう最高に夢見心地だった。

胸が高鳴って仕方のないピエールに、先生が親しげに言った。

「午前中に、ジョーダとライザが来てね。それぞれとてもやる気に満ちていた。私としては、彼らがすっかり怖《お》じ気《け》づいてしまっているかと思ったのだがね。もしかすると、お前以上に勇気を奮《ふる》っているようにも見えたほどだ。勇者ピエールよりも」

ピエールはその言葉に、ちょっと——いや、かなり——というか限りなく不満を覚えた。

「せんせぇえええ」

あの二人の話題を先に持ち出すなんて、どうしてそんな寂しいことをするのか。

ふと、鏡の中の先生が、その手を差し伸べた。ピエールの寂しい疑問に、これから答えるとでもいうように、にっこり笑いながら言う。

「さて、ところで懐《ふところ》に持っている物を、私に見せてくれるかな、ピエール？　私に分からないとでも思っていたのかね？」

それで、ピエールの心臓は急にどきっと冷えついた。先生は分かって言ったんだ。自分が勇者に不似合いなことをしたから叱ってるんだ。でも、どうして？　何がいけないんだろう？

ピエールは、おどおどしながら、ジャケットのジッパーを下ろし、ベルトに差した拳銃を取り出した。

先生は、呆れたようないたずらげな微笑みでかぶりを振った。

「やれやれ、ピエール。ベシエール氏のボディガードからくすねてきたんだね……。銃が欲しいと思ったのは、それを見たからかね。それとも前から欲しかった？」

「せ、せんせ、せんせぇえええ」

だってボディガードが素早く銃を抜き取る姿が、本当に格好良かったんだもの。あんな風に動けたらとても楽しいに違いない、毎日が楽しいに違いない、何百回でも何千回でもあんな風に銃を抜いて撃ちたくなるに違いない。そう思うとたまらなくなって《混断《シュレッディング》》するときもボディガードの体だけを切り刻み、その銃だけは傷つけないようにしたのだ。

スイスから帰ってきてからも、ほとんど一日中、部屋の鏡の前で、銃の抜き方を工夫したものだった。そのうち先生にも見てもらって、誉めてもらえるくらいに上手になるつもりだった。

そのためには、いつも肌身離さず持っていなければならないに違いない。そう思って、今日も見せるつもりはなかったけれど、こっそりズボンに差し込み、ここに来る間も、まるでそれが自分の性器ででもあるかのように撫で回し、言いようのない快感に浸ったものだった。

だが今、鏡の中の先生は口をへの字にして手を差し伸べ、銃を渡せと迫っている。

ピエールがもじもじと逡巡していると、ふっとその手から銃が消えた。

急に銃の重みがなくなって、ピエールは大いに驚いた。はっと気づくと、先生は鏡の中で汚い物でも見るみたいに銃を手に取り、しげしげと眺めている。

「せんせぇええ」

ピエールは泣きそうになった。

「おお、ピエール、なぜ私が残念がっているか分からないのかい。お前が銃を欲しがったことを残念がっているわけではないのだよ。お前も男の子なのだから、銃の一つや二つ手にとって、試しに撃ってみたい気になってもおかしくはないさ」

じゃあなんで銃を奪ったのか。ピエールは激しくかぶりを振った。

「それは、お前が、自分の力をまだまだ信じていないからだ。私が〈黒い月教団〉の教義に基づき、お前に三度の儀式を授け、お前の力を増大させたにもかかわらず、他ならぬお前自身が、いまだに、銃が欲しいと思うのではなく、銃に頼ろうとしているからだ」

「欲しい……？　頼る……？」

「その二つは大いに違う。天と地ほど違う。あの黒い月と、普通の月くらい違う」

「せんせぇ、ごめんよお」

「私に謝るのではなく、自分に対して謝るのだ、ピエール。お前は、銃よりも強い」

ぴくっとピエールの頬が震えた。お前は銃よりも強い。銃よりも。おお、銃よりも。

「あのボディガードは、これを持っていた。だがお前の一撃で、微塵の断片となって死んでしまった。なぜだね？」

「そ、それは、お、俺が……」

「そうだ。お前は銃よりも強いのだ。そのことを、今日は何としてもしっかりとお前に教えてやらねばならない。そうでなければ、この世の悪を倒すために、勇者を育てるという使命を黒い月から授かった私が、その教義に反してしまうからだ。そして何より、ピエール、お前への愛情から、そうしなければならないと思うのだ」
　ピエールは陶然となった。ある日、神が現れてお前は偉大だと告げられたら、誰だってとろけてしまうに決まってる。その限りない快感に自分は浴している。あの虫使いのジョーダや分裂女のライザよりも、遙かに遙かに自分はこの神、この先生に愛されているのだ。

「さぁ、お前は知らねばならない。お前が強いということを」

　鏡の中の先生は、静かに、ピエールに向かって銃を向けた。

　かちりと音を立てて撃鉄を上げる。ピエールは頬を真っ赤に染めてそれを見つめた。先生が引き金を引いた。一回ではなく、何回も。弾丸が尽きるまで。

　銃声は、先生の、空間歪曲の力でほとんど聞こえなかった。

　弾丸が激しく回転し、自分に向かってくる様子が、鋭敏な感応力によってまざまざと感じられた。その一つ一つの弾丸を、ピエールは丁寧に《混断《シュレッディング》》した。宙で無数の立方体に分割され、空間がささくれて金属の錆びるような異臭が部屋に充満した。

　弾丸はピエールの体を透き通るようにして通過し、背でばらばらになって宙に霧散した。

「おお……」

　先生が感動の声を上げた。最後の弾丸が発射された後、先生の手の中の銃も、《混《シュレッディ》断《ング》》したのだ。調子に乗って怒られるかもしれないと、ちらっと思ったけれど、先生は優しく微笑んで、良い子だ、本当に良い子だ、という風に手の中から銃の藻くずを払った。

鉄錆のような残留芳香を検知し、空気清浄機の作動音が、部屋に響き始めた。

「分かったね、ピエール。お前にはその強さを発揮し、世界から悪を一掃する義務があるのだ。お前は箱舟に選ばれている。黒い月の恩寵みちみてるピエール。お前はその剣を、進化から取り残され、箱舟の出航を阻害する者たちに対し存分に振るわねばならない」

ピエールは嬉しさの極みだった。何度となくうなずいた。

「も、もぅ、俺、銃なんて欲しくない！　銃なんて欲しくない！　全然欲しくない、い、い、い！」

先生は優しく微笑んでくれた。

「さ、ピエール。お前はよく分かっている。偉いぞ。帰ったら、今日あったことを何度も思い出して、自分が本当に強いということをもっともっと理解しなさい。そうすれば、四度目の儀式をお前に授けてやれるかもしれない。お前を真の勇者にするために」

それから鏡の中で、ファイルに書き込み、何やらこちらには聞こえない声で電話をした。

「次の来診は火曜日だ。時間はいつも通りで。それまで体に気をつけるんだよ」

ピエールは元気よく立ち上がり、部屋を出ていった。

Ⅲ　花と無花果《イチジク》

1

「まず本題に入る前に確認しておくべきことがある」

五人の選《え》りすぐりの捜査官たちを前にして、オーギュストが苦々しく顔をしかめて言った。

「本来ならば全員の前で発表すべきことだが、先ほどのブリーフィングの様子から、お前たちにだけ伝えることにした。私が必要と判断した場合、さらにお前たちの思考に、ロックをかける」

そう告げるオーギュストの脳裏には、五人の肉体の状況がすべからく把握されている。

選抜された優秀な人材は必ずそうされるように、五人の肉体には端末が埋め込まれているのである。それによって、体温や、呼吸、血流、アドレナリンやその他のホルモンの分泌状態などが正確にオーギュストに伝えられ、その精神状態までも把握されていた。

今、非常に冷静な状態にある五人に対し、オーギュストは厳しい目を向け、告げた。

「ラファエル・リー・ダナーのことだ。彼女の経歴は、多くの世界市民と同じく、プライバシー保護下にあるが、捜査特権を拒むものではない。お前たちレベルであれば、いつでも彼女の経歴にアクセスし、その系譜を確かめることができる」

皆、首を傾げこそしなかったが、オーギュストの回りくどい言を訝《いぶか》しんだ。

「いったい、何を確認するのですか」

パットが代表して訊くと、オーギュストは、わずかに間を空《あ》け、言った。

「ラファエル・リー・ダナーは、通称〈女王〉こと、クイーン・リー・リリーの娘だ」

捜査官たちがその意味を理解するのに、時間はかからなかった。

スキャンされる彼らの内面は極めて冷静であり、無に近かった。

だがそれでも、その無に明らかな波が立つのを、オーギュストは渋い顔で確認した。

「誰も忘れることのできん存在だ。〈女王〉……世界最初の公認感応者《フォース》にして、世界の敵。全人類を大戦に巻き込み、世界全土の地形を変貌させ、我々がその傷を忘れるためには、暦自体を変えねばならなかった悪夢の体現者」

そうした言葉が引力となって、パットや他の捜査官たちの内部に、壮絶な感情の渦が沸き起こる様を、オーギュストが苦々しげに確かめる。

オーギュストは、会議の本題に入る前に、捜査官たちにロックをかけた。

「本当にラファエルが〈女王〉の子かどうか実のところ分からない。ヴァティシニアン一流のブラフかもしれん。彼らにはかつて〈女王〉を教育し損ねた負い目がある。今度はその〈女王〉の娘を使って、彼らの言葉を使えば、贖罪に貢献させようという魂胆だろうが……」

ぴくっと捜査官たちの指が動く。波立つ心が、その指先で波濤《はとう》をしぶかせるように。

だがその怒濤は完全にロックされていた。一連のコントロール――強力な理性的思考の喚起によって、見事なまでに制御されている。

「事実、ラファエル・リー・ダナーは〈女王〉の娘と言ってもおかしくない感応力の持ち主だ。申し子とも言える。その彼女が、我々の側にいることが重要なのだ。原理主義者が、今や民主主義を謳歌している、という風に。我々は、感応者《フォース》と感覚者《サード》が共存共栄しているところを世界中に見せねばならん。ただし事件を解決するのは彼女ではない。あくまで我我でなければならん」

見えざる電子の手が、いっそう捜査官たちをがっちりと捉えた。捜査官たちは――とりわけパットは、脳裏のロックによってほとんどトランス状態になっていた。

膨れ上がる攻撃意欲、暴発的な感情――それらを完全に制御するトランスだった。

ふいに、画像が切り替わった。

壁のペーパービュー一杯に、それが映し出されていた。

パットの鼻腔を、幻の臭いが刺激した。

最初は弱く、だんだんと明確に、その臭いが、記憶の底から甦ってくる。

暗い地下室のドアを開いたときに、押し寄せてきた、耐えがたい臭気——

妻と娘が溶け崩れて発する、腐った臭い。

それが、示された画像から吹きつけてきたような錯覚に陥っていた。

「〈女王〉の紋章《エンブレム》だ。いまやナチスの鉤十字をマイナーな位置にまでおとしめた、世界の憎悪を象徴するマークだ」

巨大な紋章——それが徐々に縮小されてゆく。

三対の光り輝く天使の翼をモチーフにしたもの——三つに枝分かれする異形の十字架。

オーギュストめ——パットの中で初めて反感が起きた。俺たちの状態を把握するために、そんな演出をしなければいけないとでもいうのか。だがその反感も、電子的トランスによって、すぐに消え去ってゆく。

とともに、縮小されてゆく紋章の上部に、一連の文章が現れていった。

「この〈女王〉の紋章を付した脅迫状が、ベシエール氏の発見以前に、世界政府準備委員会の各長官宛てに送られてきたのだ。指紋はなし。印字機種は特定できたが、世界に数百万台も普及しているタイプで追跡の役には立たん」

脅迫状は、世界共用語で、線の滑らかなフォントを用いてタイプされていた。

五人はそれに目を走らせ、敵の声を聞き取った――

我々は主張する。我々は行動する。我々は眠らない。

我々に対する不当な扱いを企む者がいる限り、G．B．の砂時計は下流し続ける。

我々の前にいかなる門も閉ざされてはならない。

我々は可能性なのだから。

蟹座の皇帝が命じる。門の鍵を渡せ。


「ここからが、本題だ。これから伝える事柄は極秘情報であり、一切の漏洩は、世界連邦保安機構への反逆とみなされる。お前たちは沈黙を守り、任務を達成する特別捜査官《サイレント・キーパー》だ」

「我々は沈黙を守り、任務を達成する、特別捜査官《サイレント・キーパー》」

五人が一斉に復唱した。

同時に、彼らの心の底から、自分たちの存在理由が強く湧き起こってくる。

俺たちは完全な狩猟者だ。いかなる感応者《フォース》の誘惑にも懇願にも引っ掛からない――読心能力も、心理操作能力をも跳ね返す、分厚い防心設備を脳に備えた、世界の保安を夢見る狩人だ。

丹念に捜査官たちの内部をスキャンするオーギュストが、ふと、パットの顔に目を当てた。

「パット――お前は任務の合間に時間を作り、妻と娘の墓前に花束を捧げろ。心理分析課でのプロファイルでは、それがお前の心理状態を最適なものにしてくれるはずだ。花束はこちらで用意する。携帯端末を通して受け取り場所を設定しろ」

「了解」

「では、第一に、ベシエール氏が狙われた、本当の理由だが――」

パットと捜査官たちは、トランスによる微睡みの中でオーギュストの言葉を聞いた。

今や、彼らは憎しみの海に錨《いかり》を降ろした船だった。感情の嵐に耐える強い帆だった。

自分の中の感応者《フォース》への憎悪が消えることはない。パットの脳の奈辺かでその思いがあった。憎悪を鎮めることを覚えただけだ。この組織に依存して。この組織は憎悪を上手に使う。個人では抱えきれない憎しみに、手段と目的を与えてくれる。

かつてパットを絶望させた感応者《フォース》。ついで彼らを憎悪することで生きる意味を見出した感応者《フォース》。やがて憎悪に歯止めが効かなくなり、今ではパットの脳は連邦医療健康機構《マークゼクス》の規定に基づき、楔《くさび》だらけになっていた。

過剰な攻撃意欲、頻繁に襲ってくる鬱。孤独感。極端なまでの無関心と、それに反して起こる感情の暴走――それらを制御するために、思考野・感情野・識閾野《しきいき》を合わせて二十八カ所ものロックが、悶《もだ》え狂う狂犬を縛りつける鎖と、そして手綱《たづな》の役を果たしていた。

思考も感情も統制された、ある種、心地よささえ感じるトランスの中で、パットをふくめた五人の捜査官たちは、確実にオーギュストの命令を受け取っていった——

2

「待たせて悪かった」

パットがロビーに来たとき、ラファエルは壁に飾られた絵を見ていた。

このホテルを愛好する画家の絵だった。もっぱら花と山と十字架がテーマらしく、そのうちの何点かに、黒い月と、普通の月とが、並んで描かれている。

「移動ですか？」

ラファエルもヘミングウェイも、その準備はすでに整っているようだった。

「空港に行く。レンタカーが手配されているはずだ」

そのパットの脳裏では、数分前に伝えられた極秘事項のことも、そのとき思い起こさせられた使命感や憎悪のことも、綺麗に鎮められている。

レンタカーに乗り込む際、パットがドアを開けて招いてやる間もなく、ラファエルは自分から動いていた。まず後部座席のドアを開けてヘミングウェイを入れてやってから、自分は、助手席のドアを開けて乗り込んでいる。

パートナーとして認めてもらえるかどうかが大事なのであって、マナーを尊《たっと》んだり、気を遣ったりして欲しいわけではない、というような態度が、逆にパットは気に入った。

目的地はチューリヒ新空港である。そこで、先行している捜査官たちと情報を交換し、空路でフランスに向かい、ベシエール氏の邸宅のあるリヨンに行って、捜査する予定だった。

途上、当たり障《さわ》りなく話し合うだけで、特に会話が弾むというようなこともなかったが、

「道が違います」

ふいにラファエルがそう告げたとき、パットの中で特に抵抗はなかった。

むしろ、ラファエルの方が、その言葉を受け入れてもらえるかどうか、不安そうだった。

「このまま行くと、氷に囲まれた場所に出ます。そういうイメージが来ました」

車の速度を落とし、携帯端末から地図を呼び出すと、レンタカーのナヴィゲーションシステムが部分的に旧式のままであることが明らかになった。

危うく、氷河に侵積《しんせき》された谷間で、飛行機を探す羽目になるところだった。

知る人ぞ知る、といった隠れ家的なホテルの近辺では、よくあることで、捜査班がどれだけ慌てて十台以上のレンタカーを駆り集めたかが分かる事態だった。

そこで失っていたはずの貴重な時間を救ったラファエルに、パットは素直に感謝した。

「どんな些細な助言でも、大いに歓迎する。……君の《予見《ウォッチ》》の最大範囲は、ミクロ視点で二時間十四分二十二秒、マクロ視点で一年余りと、データにはあるが」

「日常的には二十分程度が限界です。いつでも〝見て〟いるわけではありません」

「さっき、君が見た氷河のイメージは、見ようとして見たものか？」

「表示されていた地図と、周りの風景が、どこか違うような気がして、《予見《ウォッチ》》してみたんです……。色はありましたが、音も匂いもありませんでした。《予見《ウォッチ》》した未来の記憶が五感で感じられるほど、確実な将来になりますから……まだ回避できると思って」

「その、音と匂いのない世界で、俺はどうしてた？」

ラファエルが身じろぎすると、かすかな花の香りがした。

「特に……急ごうとしていたと思いますが、優しかった気がします」

「優しい？」

「誰かのせいにしたりせず……」

ラファエルがこちらの表情に注目しているのを知って、軽くうなずいて見せた。

感覚者《サード》が感応者《フォース》に対して抱く、ありがちな感情のことを言っていた。

なぜ、できなかったのだ——お前には〝見る〟ことができたはずなのに、どうして我々はこんな目に遭わなければならないのだ、という苛立《いらだ》ち。ちょうど、レンタカーのナヴィゲーションシステムを新式に交換するのを怠《おこた》った業者に対するのと同じように。自分を便利にしてくれるのでなければ、誰がお前と接したいと思うものか、といった感情だった。

「不慮の事態にいちいち激昂していたら、この職業は成り立たない」

パットは、相手の気持ちを慮《おもんぱか》って言った。感覚者《サード》の両親や兄弟のそうした苛立ちから、虐待にまで発展することはままあることだった。

だが同時に、パットの脳裏の一方では、感応者《フォース》が自在に感覚者《サード》の両親や兄弟を操作し、パットにかけられた電子ロックは、心の偏《かたよ》りを平均化するためか、その残虐な事件の方を強く意識させるようだった。

残虐な事件を引き起こした実例が思い浮かんでいる。むしろパットにかけられた電子ロッ
「現実に起きた出来事に対して、強い耐性を持った方で良かったと思います。選択する未来の自由さには、現実への耐性が不可欠なんです。貴方みたいな方でなかったら……」

ラファエルが、遠慮がちだが、きわめて正直に告げた。

もしパットが、その点で融通の利かない精神の持ち主だったら、ラファエルの言うことを聞かず、ナヴィゲーションシステムの方を信用していたかもしれなかった。

そうすると、ラファエルの《予見《ウォッチ》》には色も音も匂いも揃っていたことだろう。

ラファエルは口を閉ざし、黙って相手が窮地に陥るのを見るだけだったに違いなかった。

ラファエルには読心能力さえないものの、相手の情緒を、正確に見抜く力は持っていた。

その後、一時間ほどで、予定通り、チューリヒ新空港で捜査官たちと落ち合った。

情報を交換し、レンタカーのシステムが旧式であることを告げて渡す際、ふと、捜査官

たちの一人がラファエルを見て、

「膝の上に乗せたくなるナヴィゲーションシステム」

と呼んだ。みなが笑った。

その途端だった。パットとヘミングウェイが、ほとんど同じ動作をした。

わざとらしく、ぴたりと動作を止め、その捜査官たちを見てやったのである。

暴言を放った捜査官は、一瞬で表情を消し、目を伏せた。

パットとヘミングウェイが、なんとなくお互いを見た。それから、パットが言った。

「急ごう」

ラファエルは微笑して、その傍らに従った。

真夜中の空港で、保安機構専用の機体に搭乗した。

「少し眠ったほうが良い」

パットが言うと、ラファエルは騒々しいエンジン音にもめげず、毛布をかぶって目を閉じた。その足下に、ヘミングウェイが侍《はべ》る。

パットもまた座席を後ろに傾け、深々と身を沈ませた。

毛布を引っ張り上げようとした途端、突如として、妻と娘の面影が眼前に浮かび上がった。

びくっとパットの手が震えた。毛布が床に落ちた。モスクワの郊外の風景が襲いかかった。その手に冷たい墓石の感覚が甦る。鼻腔を刺す臭い。どろどろに溶けた肉と骨——かっと目を見開いたまま、深呼吸をした。唇の間から零れる息が灼けるように熱かった。手で額を揉んだ。脳に施された一連のロックが連想を差し止め、感情の爆発をがっちりと防いでいることに、心の底から感謝していた。

傍らから、ラファエルの穏やかな寝息が聞こえてくる。

ふと、オーギュスト捜査顧問の言葉を思い出していた。

確か、自分は、花束を受け取らねばならなかったのではないか。

何のために？　墓前——その言葉が脳裏に浮かび、消えた。突如として妻と娘の面影が襲ってきたのは、オーギュストから花束を捧げろなどという言葉を聞いたからに違いない。

「最適な状態か……」

自嘲の呟きとともに、かぶりを振りつつ、携帯端末で、花束について確認した。

そのような情報はなかった。眉をひそめた。オーギュストが、そのような手抜かりをするなど信じられなかった。

その瞬間、いきなり電子的トランスが始まっていた。

パットの巨体が、一瞬、大きくのけぞった。

——ハンプティ・ダンプティ、もう元には戻らない。

脳裏に、無数の人間の顔が爆発した。犯罪者の顔、犠牲者の顔、自分が殺した相手――戦後、感応者《フォース》が起こした事件の記憶が後から後から思い返された。

この十七年間で、パットが殺害してきた十七人の感応者《フォース》の顔が一人一人浮かび上がる。彼らが、口々に、平和のために自らの心身を常に最善の状態に整える義務がある。我々は市民の平和のために、平和憲章にのっとった、保安機構の宣誓文句を唱え上げる。最善の状態。的確な判断のために。いかなるときも最適な行動をとることこそ誇りだ。

誇り――パットの中にふいに何かが形作られようとしていた。墓石のイメージ。犬は主人と一緒に眠っている。だが妙な気配があればすぐに起きあがって主人に警告するだろう。

ヘッドは何かを命じていた。

万が一、相手が読心能力を持っていた場合の処置とともに何重もの策を講じた上で、パットの深層心理に波紋を与え、それがおのずから行動に影響を与えるよう仕向けたのだ。

パットの全身が、ぞっと総毛立った。

女王の娘。ラファエルが、そうであるということを、一瞬で思い出していた。

他の捜査官たちがそれを知ったらどう思うか。自分のガールフレンドの祖父が、実はヒトラーだと言われたようなものだろうか。それはあまりに衝撃的でありながら、聞く者の胸中に、とらえがたい複雑な感情を渦巻かせる情報だった。

パットの中でコチコチと時を刻むメトロノームと、人型の射的のイメージが浮かんだ。

銃を撃っている。訓練だ。正確に。最善の状態。的確な判断を下す時が来たら、即座に撃つ。それが誇り。最適な行動。墓参り——それが暗示だった。地下室の妻と娘の無惨な姿。その傍らに夢幻の人影が動く。すぐさま撃つ。花の香りのする死体が、妻と娘の上に重なる。

たとえ正義感に満ちあふれた感応者《フォース》であっても、むしろそうだからこそ、事態の解決のためには危険な者もいるのだ——誰のものとも知れぬ声がした。

《蟹座の皇帝》——まだ見ぬ敵の残留芳香が鼻の奥に甦った。

サンプルA、サンプルB、サンプルC、無臭の敵……そしてまた、花の香りも。

もし共感する素振りを見せたら、撃て、撃て、撃て。確実に仕留めろ。そうか。赤い法衣。トマス・リー・ダナー枢機卿は、それさえも条件として飲んでいるに違いない。

もしラファエルに隠された読心能力があったとしても——今の思考の全ては夢だ。決して悟られはしない。いつの間にかパットの目蓋が閉じられていた。ぴくぴくと眼球が動き、レム睡眠の兆候を示している。

あらゆる読心能力を妨害する強固な脳内装備の働きによって、その命令はついに明確な意識として成立することはなかった。それが成立するのは、適切な事態に遭遇したときのことだ。ラファエルが敵に共感を示したり協力したりする素振りを見せたときのことだ。

それにしても——とパットの頭のどこかが、深い心の井戸の底で思う。もしこの思考ロックがなければ、自分はどうなっていたか。

あのとき、地下室で、引けなかった引き金の感触が、指に甦った。

何も終わりはしなかった。終わらせることができなかった。自分は、自分を撃つことができなかった。それからというもの、情けなさの極みの中で酒に溺れた。飢えた愛情の灼熱が、流し込まれる酒を一瞬で蒸発させ、そのかぐわしい蒸気は感応者《フォース》への飽くなき憎悪と化した。

女王の紋章。そんなものをありがたがる人間は、百万遍も地獄に堕ちれば良い。いや、俺が叩き落としてやる。一緒に地獄に堕ちてこの世の終わりが来るまで八つ裂きにし続けてやる。

思考のロックが正確に働き、やがてパットの果てしない憎悪と攻撃意志、愛情と孤独のコンプレックスはトランスの中でほぐされ、明確な目的の元に統合されていった。

五人目《ビャーチ》——眠れるパットの奈辺で、そう名付けられるものがあった。

それは花のような残留芳香を醸し出す、常に隣接した危機であり、目的であった。

3

フランスに到着し、予約されていたホテルにチェックインしたとき、時刻は午前二時を回っていた。

ホテルのフロントが、ヘミングウェイについてぶつぶつ文句を言った。

パットが、彼は高度な訓練を受けた警察犬だと告げ、ついでに、電子情報として帳簿上に残ることのない、紙幣によるチップを何枚も渡すと、素直に犬用の毛布を用意した。

翌朝、パットが目覚めてホテルのカフェに行くと、すでにラファエルがモーニングメニューのコーヒーを飲んでいた。

帽子はかぶっておらず、動き回ることを考えてか、ぴったりとしたパンツルックだった。黒い光沢のある化学繊維が、形の良い足をしなやかに覆っている。薄手の青いハイネックのセーターの上に、ジャケットを着ている様は、確かに大人びてはいたが、それでも若々しい娘としての印象が強く、とても殺伐とした捜査に携わる者には見えなかった。

パットは、ヴァイキング形式の棚でコーヒーを入れたカップを手に取り、テーブルに近づいた。メトロノームも墓石も標的も、パットの脳裏から綺麗に消えている。代わって、今のうちに、この若いパートナーと、密な信頼関係を結びたいという気持ちが起こっている。

「おはよう、ラファエル。ヘミングウェイは?」

ラファエルは、ポニーテールを揺らして振り向き、輝くような微笑を送って寄越した。

「おはようございます、パット。ヘミングウェイには玄関で待ってもらってます」

「よく眠れたか?」

「はい。パットも食べますか?」

「俺はこれを――」

何と説明したものか迷ったが、ラファエルはすぐに察して、屈託なく微笑した。

「軍人さんの食事ですね」

パットはうなずいて素材食《マテリアル》の封を切った。中から、生野菜をそのまま長方形に切り取ったようなものを取り出し、音を立てて齧《かじ》った。肉体を強化した人間が、日に一キロは食べなければならないものだった。その〝食事〟を部屋で平らげず、敢えてラファエルに見せることで、相手に自分の肉体のデータを提供しているつもりだった。

「ヴァティシニアンの中にも、同じものを食べている人がいました」

「俺のは特製なんだ。これがないと生きていけない」

ラファエルが、肉体を改造した軍人相手に見せるような気遣いの表情を浮かべた。

それを見計らって、パットは、わざわざ深刻そうな顔で、告げた。

「俺がレシピを書いたボルシチの味わいを、再現してもらっているんだ」

ラファエルは、きょとんとして、人生の訓辞でも告げるみたいなパットの顔を見つめた。

それから、ぷっと吹き出した。

「二本目は、牛乳味《マラコー》とコーヒー味《コーフェ》とを交互に挟んでもらっている。たまにロシアンティーに替えてもらうときには、そのように申請しておく」

「こだわりなんですね」

ラファエルは笑いに困ったように、口元を手で押さえている。

「こっちはイチジク《インジール》──新鮮な味を再現してもらうのに二年かかった。三本パックの一本には必ずこれを入れるよう、いつも医療科学班の人間に口を酸っぱくして言ってるんだ。ボルシチが人生に欠かせないものだとしたら、こいつは捜査には欠かせない代物だ」

「捜査に？」

「そうだ。五年ほど前、チームで難事件に当たっていたが、誰も犯人が分からなかった。あるとき俺は素材食《マテリアル》を食べ終わってしまい、代わりにイチジク《インジール》を買って食べていた。中の種を齧っていると、ふいに頭の中に天使が降りてきて、俺に犯人像を教えてくれたんだ」

ラファエルが感心したようにうなずく。パットは微笑みながらその事件を思い出していた。

当時、《剝離《ピーリング》》と呼ばれる新種の感応力による事件がモスクワで起こっていた。

犯人はあらゆる物体をリンゴでも剝くみたいに、二センチ幅のカンナ屑にしていた。

被害者の一人は生きたままその姿にされ、医療科学班に属する感応者《フォース》が、つぎはぎだらけとはいえ、一応人間の形に戻した時には、完全に精神がおかしくなっていた。その被害者がしきりに「イチジクに襲われる」と叫ぶので、犯人は「イチジク」と呼ばれた。

パットは、ある種のイチジクが、大木に寄生して成長し、ついには大木を枯らせてしまうことをそのとき知った。それは同時に、「恐喝」の隠語でもあった。

犯人は立ち退きを要求されているスラム街に住む男だった。

教養も理性もあったが、感応者《フォース》としての人生が苛烈な正義感を育て、都市の施政者を様様な手段で恐喝することで金をせびり、やがて、そんな人生にも飽きたのか、自分の命も省みず、自治政府の人間を片端から《剝離《ピーリング》》して回ろうとしていた。

彼の中で、「寄生」という言葉は、他人には理解しがたい憤怒と羞恥の賜物だった。その激しい感情が、「都市に寄生するスラム」という言い方に適合した。弱者が強者を恐喝することが、男にとっての絶対的な正義の在り方だった。パットは編成したチームとともに男の立て籠もるビルに突入し、チームのことごとくがカンナ屑になるのを目の当たりにした。パット自身も、両足を出来損ないのバネのような形状にされた。

犯人は、這いずるパットの前に立って、こう口にした――

「イチジクの木は彼らに言った。『私は、私の甘みと私の良い実を捨て置いてまで、木々の上にそよぐために出かけなければならないだろうか』と」

聖書の一節を口にしながら、パットの目の前にイチジクの実を置いた。

パットは両足が再生されるのを待って、反撃した。

甘みと良い実を捨て、終生、自ら花を咲かせることのなかった「イチジク《インジール》」は、射殺される瞬間まで、表情を変えなかった。繰り返し真面目くさって持論を語ろうとする顔。死は終わることのない彼の持論の終止符だった。彼自身、それを歓迎しているのをパットは感じた。終わらせてくれること。彼には親密さすら抱かせられた。もし自分が彼のように殺されるとしたら、自分もまたそのような顔でいるのかもしれないと思わされた。

その考えを担当医師に指摘され、払拭するまでに何ヶ月もかかった。死のイメージは危険を察知するのに役立つ。だが死を歓迎するイメージは周囲にとっても危険なだけだ。自分自身の死を招くからだけではない。人の様々な死が見たくなるからだ。パットは狩人ではあったが、無差別殺戮に没頭するために、過酷な訓練を経てきたわけではなかった。

パットはそうしたことは告げず、ただ意識して微笑し、ラファエルに言った。

「それ以来、俺は何か啓示を与えてくれる気がして、イチジク味の素材食《マテリアル》を齧ってるんだ」

「今、何か啓示を受けました？」

「そうだな。大急ぎで朝食を片づけないと、大事な友人の気分を損ねてしまうかもしれないとのことだ。俺もヘミングウェイとは仲良くやりたいと思っている」

「私もそのイチジクを食べてみて良いですか？」

「超高密度のカロリーだ。女性にはあまり薦められないがね」

そう言いながら素材食《マテリアル》のかけらを渡した。

ラファエルはそれをつまんで口に入れ、にっこり笑った。

「修道院で出されるパンよりも美味《おい》しいです」

「何か啓示が？」

「そうですね。この事件は、平和裡に解決されるとのことです。感応者《フォース》と感覚者《サード》の間に、大きな争いを生むようなことは、ないでしょう」

心の底から、そう思っている微笑だった。


二人は、荷物を部屋に置いたままホテルを出た。

駐車場に行く際、パットはヘミングウェイにも素材食《マテリアル》のかけらを進呈しようとしたが、ラファエルが良しと言うまでヘミングウェイは口を開きもしなかった。

「いいわよ、ハンサムさん《ヴァ・ベーネ　ベル　オーモ》」

ラファエルが許可を出すと、一瞬で食べ終わった。長い舌で口の周りを舐め、パットを見上げた。

「お前も何か啓示を受けたか？」

ヘミングウェイは荒っぽく鼻息を返すと、啓示を授けてくれる天使はここにいるとでもいうようにラファエルの傍らに侍った。なんとも寡黙な犬だった。パットはまだヘミングウェイの鳴き声を聞いていなかった。

そのヘミングウェイが、レンタカーに乗った途端、低く唸り声を上げた。

「どうした」

車を発進させようとする手を止めてパットは振り返った。ヘミングウェイは後部座席で四肢を立たせ、しきりに鼻をくんくんさせながら唸り声を上げている。

「車が気に入らないのか？」

ラファエルと目が合った途端、その質問が宙に消えた。ラファエルの表情が一変していた。

パットは完璧にラファエルの年齢を忘れた。今いる場所さえ忘れていた。戦時中、塹壕の中で、互いに顔を泥まみれにさせながら、ライフルを手にした少年兵たちと、どうやって敵を迎え撃つか、話し合っていた時のことを思い出していた。

「敵です」

戦場の声音でラファエルが言った。瞬間、パットはこれまでに何万回も繰り返し訓練してきた動作を行った。懐から銃を抜いて、素早くあたりを見回したのである。ホテルの駐車場には、それらしい人影は見えなかった。

「車を出すべきか、降りるべきか」

鋭く訊いた。ラファエルの応答は間断なかった。

「降りて下さい」

パットは、右手に銃を握りしめたまま、静かに左手で車のドアを開けた。腰を浮かしたまま、片足だけ車の外に出した。その間に、ラファエルがそっと車から出ていき、後部座席のドアを開いてヘミングウェイを出してやった。

「敵の人数は？」

銃をドアの陰に隠しつつ、パットが訊いた。そのとき、かすかな匂いがパットの鼻をついた。若い竹のような匂い——パットの脳裏でその匂いを嗅いだサンプル紙の淡い黄色が、火花のようにフラッシュバックした。さっと車を盾にして銃を構えた。匂いが強くなった。

「敵の人数は分かるか？」

同じ質問を繰り返しながら、パットは、ラファエルが車内を見ているのに気づいた。

ヘミングウェイの吠え声とともに、ぐいっとズボンの裾が引っ張られるのを感じた。

ラファエルが切迫の声を上げた。

「沢山——違う。発動、サンプルB！　ドアを閉めて下さい、パット！」

ラファエルがドアを閉めると同時に、細かな音が無数に沸き起こった。

ヘミングウェイにズボンを引っ張られながら、パットは車のフロント部分に向けて素早く発砲した。ラジオが弾け飛び、ハンドルが砕け、衝撃でセイフティバッグが膨れ上がった。

手応えはなく、刹那《せつな》、車のエアコンから色鮮やかなオレンジ色の固まりが次々に飛び出し、慌ててドアを蹴って閉めた時には、すでに、銃を握る腕にびっしりと食いついていた。

パットはその虫を素早く振り払った。一四、地面に叩きつけたところをさらに踏みつけたが、スズメバチの皮殻は恐ろしいほどに頑丈だった。

優雅な羽根を怒りで震わせ、腕に食いついて離れようとしない。その牙が信じがたい鋭さで皮膚を食い破り、毒針が易々と上着を貫いて皮膚に食い込むのを感じた。

さすがに呻《うめ》いた。咄嗟に銃を腕のそばに構える。銃声で昆虫が気絶するのを狙った。

引き金を引く寸前――艶《あで》やかな花の匂いがパットの周囲に満ちた。

蜂たちが、一斉に動きを止めた。

瞬間、パットの周囲の全てが水の中のように揺らめいた。

空気が恐ろしいほどに粘つく感じがした。世界に降り注ぐ光が停止する。目が映じるものを求めて飢える感覚があった。気づくとラファエルがすぐ傍らにいた。パットにはラファエルの方を振り向くだけで精一杯だった。ラファエルが素早くパットの腕をつかみ、さっと蜂たちから引き離された。蜂たちは宙に浮いたままだった。

かと思うとふいに視界がぱっと明るくなり、吸いかけていた息がどっと肺に流れ込んだ。

蜂たちは一瞬、宙に止まっているように見えたが、そのまま地面に向けてぽたぽたと落ちていった。パットは大きく息を吐いてその蜂たちを見つめ、ついでラファエルを見た。

「君がやったのか？」

「はい。貴方を連れて、少しだけ跳びました」

「跳ぶ……」

「時間跳躍です」

「なんだと？」

愕然となって聞き返した。ラファエルのデータには確かにそれがあったが、所詮はミクロの世界での現象にすぎないと思っていたのだ。

ある空間に属していながら、時間の流れに対して、垂直方向に跳躍する――

通常の時間の流れに比して、放物線を描くような形で、その者の時間が流れるのだ。跳躍が高ければ高いほど、通常の時間の流れよりも、より長い時間が、その者においては流れることになる。一瞬の時間の流れの中で、限りなく垂直に高く跳ぶことができれば、停止した時間の中を動く、といった現象が起こる。

だが、そもそも、それが起こせる感応者《フォース》など世界中で数えるほどしかいないとされていたし、パットの知識では、その現象自体、どうとらえるべきか専門家の間でも意見が一致していないものだった。

「時間跳躍？」

パットが、滅多にしないことに、相手の言葉をそのまま口にした。

ラファエルは小さくうなずいただけだった。

「腕を見せて下さい。刺されていたら――」

「大丈夫だ。耐毒処置を受けている。ショックはない」

アナフィラキシー・ショックのことを言っていた。複数回、蜂に刺されることにより起こる、窒息性のショックである。

だが、ところどころ無惨に食いちぎられたパットの手が、さらにみるみる腫れ上がっていくのを見て、ラファエルの表情が険しくなった。

「上着を脱いで下さい」

断固とした口調に、パットは、かぶりを振った。

正直、時間に対する人類の可能性そのもののようなラファエルを、そんな可能性など知ったことではない政治的な事件の渦中に引き入れていることに、困惑していた。

「敵は――」

「居ません。罠を仕掛けただけです」

そのとき、セイフティバッグが蜂たちに食い破られる破裂音が響いた。

車内はさながらオレンジ色の吹雪のようになっている。

それに目をやっているうちに、ラファエルの手が上着の裾をつかんではだけさせた。

「大丈夫だ。このスズメバチが生物兵器だったとしても俺には効かない」

「このままでは銃や車の操作に不便です」

「俺は何度も手足を吹き飛ばされたことがある。この程度で君が思い煩《わずら》う必要はない」

「治せるものであればすぐに治しておくべきです」

ラファエルの強情さに呆れつつ、結局、黙ってされるままになった。

パットの肉体については、素材《マテリアル》食を見せた時点で分かっているはずだし、その再生力が異常なほど卓越していることは、携帯端末で調べれば明らかなはずだった。

パットは戦前から今に至るまで、何度となく手足やその他の臓器を破壊された経験があった。そしてそのつど、移植された強化細胞や、向上された免疫力、また自分の骨髄や内臓の諸器官に施された再生臓器の働きによって、五体を保ってきたのだ。

脳は一度だけ、捜査官として働く前の軍人時代、爆弾で吹き飛んだ五センチほどの鉄片が側頭部に突き刺さったことがあったが、そのときは脳機能チェックでしばらく動けなかっただけで、負傷した翌週には戦える自信があった。

だがラファエルにしてみたら、自分の警告が遅れたせいでパットを負傷させたと、保安機構に報告されるのを恐れているのかもしれない。

なぜ見えなかったのだ、お前がいたのに――

事実、感応者《フォース》に反感を抱く者は保安機構の中にも多く、その存在が必要であるにもかかわらず、ちょっとしたミスで捜査から外されてゆく現場を、パット自身、何度も見てきたのだ。

だがそうだとして、なぜ、そこまで捜査に固執するのかが分からなかった。彼女を派遣したヴァティシニアンから、何か厳重な命令でも受けているのだろうかと思った。

「失礼します」

ラファエルが言った。看護婦が注射をするときのような口振りだった。何をするのかと眺めていると、右手でパットの太い腕に触れたまま、左手をさっとひるがえした。

一瞬、その手に花が咲いたのかと思った。

透明な結晶のようなものが掌に芽生え、するすると展開し、音もなくパットの腕に潜り込んでゆく。

多胞体——超次元における物体の展開体だった。水晶のように光を透き通らせ、潜り込んだ部分にかすかな熱を感じる以外、何の感覚もなかった。

展開していた結晶体がぱっと消失し、花の香りと銀に光る粉が微かに舞って消えた。

パットはしげしげと自分の腕を見た。傷も、蜂に刺された痕も、どこにもなかった。

感応者《フォース》の中には、銃や医療器具といった道具を、超次元的に携帯している者がいるが、ラファエルの場合、その道具自体が、三次元的には把握しかねた。

「何かの器具を、多胞体化しているのか？」

「いえ……もともと多次元的な物体として構成されたものです。三次元的な手段は一切用いられていません。多胞体として三次元的に展開しますが、物質的な密度は極微です」

言いにくそうに告げた。物体や物質という言葉自体、三次元のものだからだ。ラファエルは超次元的な道具についてどう説明したら良いものか悩むような顔になった。

パットは、肝心な点だけを訊いた。

「武器として使用できるのか？」

「はい。私がこれを持っていることは、データにもあります。武器になる可能性のある道具についての携帯許可を、ヴァティシニアンを通して保安機構から取得しています」

ラファエルの返答には不自然なところはなかった。

だがパットは脳裏にメトロノームの音を聞いた気がした。ラファエルが自分の力を惜しみなく見せることでパットの信頼を得ようとしているのが感じられたが、その力は否応なくパットの警戒心を刺激し、同時に行き過ぎる感情を思考のロックが抑制していた。

――女王の娘。その一語で、自分の全感情が沸騰しかねない危険性を、パットはほとんど初めて意識していた。

その感情を敢えて自力で抑えつつ、車内に吹雪《ふぶ》く蜂を眺めながら携帯端末を取り出した。現地の保安機構に事情を話している間も、ヘミングウェイが周囲の警戒を怠らない様子に感心した。

ラファエルが、じっとレンタカーの中を見つめながら言った。

「私の《緒感《エモーション》》では、この蜂は全て、何匹かの蜂から飽和された存在です」

「飽和？」

「何匹かをモデルとして、複数体に展開したものです……微生物の細胞分裂のように。蜂の形状や遺伝子を調べれば分かると思いますが、全く同じ形をしています。生命包含者《スキュレイター》の意識を感じます。超次元的手段で、何種類もの生物と生命を共有するんです」

そう言いながら、地面に落ちた蜂の一匹をつまみ上げた。

パットはラファエルの〝緒感〟も加えて報告しながら、ラファエルの掌を見た。

今度は、飛び出しナイフのように鋭い錐《きり》形のものが掌から生えて、蜂を串刺しにした。

三角錐の水晶の中程に突き刺さったまま、蜂が徐々に萎《しぼ》み、消えてゆく。

「疑似生命です。オリジナルとの接点を切断すれば活動を停止し、すぐに消滅します」

さっと手を振ると、水晶のナイフはすぐに消えた。

「仕掛けた人物は、ホテルでベシエール氏を襲ったのと同一人物の可能性が高い」

パットが、携帯端末とラファエルの両方に向かって、告げた。

「なぜ仕掛けたのかは不明だ。我々を襲うことで威嚇したいのか、それとも……」

「私たちに取って代わって、捜査官を装いたかったのかもしれません」

「そうだ。聞こえたか？　誰かが俺たちを始末し、俺たちの情報と身分証を使いたかったのかもしれん。携帯端末は、指紋判別式のものを使用している。我々の指を切断すれば自由に情報が読める。レンタカー業者を徹底的に洗え。それと、科学班をこちらに回して車を厳重に調べさせろ」

別の車を直接、保安機構から配送させるよう告げ、一人ごちた。

「レンタカー運が悪いな」

ラファエルは、それに気づかず、じっと車への《緒感《エモーション》》による調査を続けている。

代わりに、ヘミングウェイが鼻を鳴らして、パットを見上げた。

一瞬、男同士の交流を表すように、ヘミングウェイがにやりと笑った気がした。

パットは肩をすくめて、癒された右腕を撫でた。

4

移動中、二人とも尾行に注意を払っていたが、それらしい動きは見えなかった。

敵が遠隔視を行っていたら、おそらくラファエルがすぐに察したはずだが、それもなかった。ヘミングウェイも、今度は静かに後部座席に乗り込んでじっとしている。

三軒、回った。ベシエール氏が主宰している研究所、プロテスタント募金教会、そしてリヨン市政庁である。

午前一杯が費やされたが、成果はなかった。ラファエルが、めぼしい物品に対し《緒感《エモーション》》を働かせて〝追跡視〟を行ったが、まるで無駄だった。

リヨン市政庁にあっては、珍しいことに、ヘミングウェイの欠伸《あくび》が見られた。

遅い昼食を摂《と》り、携帯端末で情報を収集してのち、二人と一頭は、ベシエール氏の邸宅に向かった。車に乗ったまま、インターフォン越しに身分証を見せて名乗ると、伝統工芸の粋を極めたような大きな門が、自動的に開いた。

煉瓦造りの家の壁のあちこちに蔦《つた》が這っている。光合成で電気を生み出す植物——バイオ発電プラントだった。戦中、首都を核の炸裂で吹き飛ばしたことで、偏執狂的なまでにエコロジカルな思想に目覚めたフランス人らしい趣きだった。植物への給水設備や太陽電池が、建物のあちこちに備えてあった。

玄関口に停まっている、ぴかぴかの真っ赤な高級車のすぐ後ろに車を停めた。邸宅の脇に三つガレージがあり、一つが半ば開いて、そこにも最新のデザインの車が覗いている。

車を降り、芝生を歩き、たっぷり二十メートルはありそうな黒曜石の床を踏み越え、ようやく玄関に辿り着いていた。

ブザーを押す前に、ドアが開き、なじみの顔が現れた。

「のんびりデートをしていたついでに、一戦やらかしたか」

引き裂かれたパットの上着を見やって、捜査技術官主のライスが、下卑《げび》た笑いを浮かべた。

「ずいぶんと激しいこった。見かけによらんな」

ラファエルはにこりと笑みを返した。相手の言葉が分かっていない顔でもあった。

「敵襲撃の連絡は行っているな？」

「コード07レベルだ。俺たちだけでなく、この国の全ての警察官に連絡が行ってる」

パットはうなずき、邸宅に入った。

「失礼します」

ラファエルがそう言って、ヘミングウェイとともにパットに続いた。

別にライスに向かって言ったわけではないのに、彼は鷹揚《おうよう》に肩をすくめてみせた。

ベシエール夫人ことモリー・ベシエールは、捜査官たちが待機するリビングの真ん中で、ソファに座ったまま二人を出迎えた。歓迎を示す言葉も態度もなかった。

服装は派手ではないが、一見して高価なデザインであるのが分かる。それは首飾りも指輪もそうだし、化粧品もそうに違いなかった。高価なものを身につけることの喜びと罪悪感が、ない交ぜになったような、やけに窮屈そうな印象をパットは受けた。

モリーはパットを見てから、ラファエルを見つめ、それからまたパットに目を向けた。

「大きな男の人ばかりかと思ったら、女の子もいるのね。その子も、この人たちと一緒にこの家に泊まり込むの？　その犬も？　あたし、犬は嫌いじゃないけど……」

「泊まりはしません。彼女は捜査に同行してもらっています。優秀な感応者《フォース》です」

モリーはまたちらっとラファエルを見やった。

「あの人が聞いたら何て言うかしら」

まだ三十代前半のモリーの頬に、微かな皮肉の表情が浮かんだ。

前妻の死後に迎えられたときモリーは二十八で、ベシエール氏とは十四歳離れていた。ベシエール氏にとっては三度目の結婚である。モリーにはシンデレラガールを気取る風はなかったが、そうは思わぬ周囲のせいで、誰に対しても斜《はす》に向かう癖がついた感じだった。

「あの人は無事？　感応者《フォース》に襲われたって聞いたけど」

ひどく疲れた声音でモリーが訊いた。目の下の隈を隠すために、化粧の下地を厚く塗っているのが分かった。その化粧も、どこか投げやりだった。

「我々のもとで保護されています。生命に別状ありません」

「じゃあ、どうして帰ってこないの？　感応者《フォース》に襲われて、ひどいことになってるの？　あの人、感応者《フォース》の悪口ばかり言ってたから、ひどい目に遭わされたの？　以前、清掃業者が宣伝に来たことがあって、うちの社員には感応者《フォース》がいるからどんな汚れだって見逃さないって言ったの。そうしたらあの人、そんな社会の敵を寄越してみろ、お前の会社を潰してやるって怒鳴ったのよ。感応者《フォース》がテレビに出るたびに、真っ赤になって怒るし。なぜそんなに嫌うのって訊いても、あいつらは人類社会を混乱させるために生まれてきたって言うだけで、あたしにはよく分からないのよ。あの人が、感応者《フォース》を苦しめるようなことをしたの？　そのせいで襲われたの？」

　パットは、静かにかぶりを振って見せた。

「それは分かりません。私たちは感応者《フォース》であれ感覚者《サード》であれ同じ目で見ます」

　それは本音だったし、同時に嘘でもあった。

　パットは感応者《フォース》に対する一種無差別な憎悪を心の底に抱いていた。だが同時に、その憎悪をコントロールする手段を持っていた。その結果、時として憎悪のエネルギーを、同じ感覚者《サード》に降り注ぐこともあるというだけだった。

「あたしだってそうよ。別に感応者《フォース》だからって変わりはないのよ。あたしの友達にも感応《フォー》者《ス》がいて、以前、家でパーティをしたときに呼んだんだけど、あの人に、感応者《フォース》がいることがばれたらどうしようって、パーティの間中、不安だったわ」

「マダム……ベシエール氏は貴女《あなた》に、何か言ってませんでしたか？」

「何かって？　分からないわよ。あたしが世界経済調整機構《マークツヴァイ》で秘書をやっていたのは四年前よ。貴方たちは何度も訊くけど、分からないものは分からないのよ。何かあったって、あの人の仕事のことなんか……あの人が一週間以上この家に居たことなんて夏以来ないのよ」

モリーが呟くように話し続けるのへ、ライスが、こっそり肩をすくめてみせる。

「一日中、こんな調子だ。よっぽど欲求不満らしい」

毒づくライスに構わず、パットはラファエルに目配せした。

もしモリーが敵と通じていれば、何か察するべき《緒感《エモーション》》があるはずだった。

ベシエール氏のスイス行きやそこでの滞在予定が、正確に敵に把握されていたことから、その可能性は十分にあった。

だが、ラファエルはかぶりを振った。本当に何もなさそうだった。

パットは、モリーの相手を他の捜査官に任せて、自らこの家宅を捜査する気になっていた。

ベシエール氏が狙われた原因となったものを、確保しなければならない。

急激に、その記憶が甦ってきていた。

スイスのホテルで、オーギュストから伝達され、厳重なロックをかけられた機密事項が。

（レポートだ）

なぜ、ベシエール氏が狙われたのか。

（第四次元感応者《フォース・ディメンショナー》の経済活動を大幅に制限する——）

この家の中で、パットだけが、それを知っていた。

あの時、オーギュストは言った――

5

「プロジェクト名は、〈ノヴィア・レポート〉」

オーギュストの厳めしい顔が、五人の捜査官たちを見回している。

「ベシエール氏が自分のレポートファイルにそう名付けたことから決定した名だ。スペイン語で〈愛する者《ノヴィア》〉という意味で、ダイヤモンドの一つにそういう名がある」

それから、切り替えられた画面に向かって顎をしゃくってみせる。

そこでは、脅迫状と〈女王〉の紋章の画像が縮小され、代わりに大勢の人間の姿があった。

ベシエール氏と、その他の人間が、二十名ほど並んで座っている写真だった。

「世界経済調整機構《マークッヴァイ》のメンバーと、外来参加者たちだ。車椅子に乗った、赤い法衣の男がいるだろう。ヴァティシニアンだよ。枢機卿会議のトップ・スリーの一人――トマス・リー・ダナー枢機卿だ。例の……ラファエルの、義理の父親だ。主な実績は、物理学者として超カオス理論に基づく様々な理論を展開した他、世界で初めて第四次元感応者《フォース・ディメンショナー》を教育し、世界中に公認させた〈ヴァチカン奇跡局〉の、一員だ」

パットたちは、強いトランスの中で、オーギュストの示すものを無心で受け入れている。

「この二十四人の統括のもと、プロジェクトの目的を知らされぬまま数千人の人間が参加している。中でもベシエール氏は、実践レポートを総監する役にある。得意の群論方程式化を請け負ったわけで、それが〈ノヴィア・レポート〉と呼ばれているものだ」

オーギュストは何度となく捜査官たちの内部をスキャンしながら告げていった。

「彼らは自分たちの結束を固めるために、〈宝石《テソロ》〉というチーム名を付けた。二十四面体の宝石というわけだ。そしてその一画が、世界に向けてプロジェクトを表面化させ、実行する役を負っている。ベシエール氏は、その最前線員だ」

そろりと、オーギュストの声の響きが恐さを帯びたのを、パットはトランスの内に感じた。

「〈ノヴィア・レポート〉の目的は、主要地域の第四次元感応者《フォース・ディメンショナー》の経済活動を管理することだ。経済に対する適合性を調査し、規定し、そして経済活動に携わる免許を発行する」

パットは何かを言おうとしたが、思考のロックがそれを完全に封じていた。

「これは、実質的な、第四次元感応者《フォース・ディメンショナー》の経済排除処置ともいえるものだ」

経済排除――その言葉に、捜査官たちが目を見開いたが、それ以上の反応は許されなかった。

彼らはすでにロックされていた。世界政府準備委員会という複雑怪奇な怪物の、十一番目の尻尾である保安機構に、がっちりと組み入れられていたのだ。

「これでなぜ、ベシエール氏が狙われたか分かっただろう。彼はもともと、感応者《フォース》に対して並々ならぬ憎悪を抱く人間だ。我々の仲間にも、そういう人間がいるように」

そう言いながら、オーギュストは目をちらりとパットに向けた。

捜査官たちは、みなその行為に気づいていた。

それが、自分たちがどちらの側に属した人間であるかを知らせるための行為であることを。

肉親や友人を、感応者《フォース》に殺された体験を持つ者たちの側に属していること――ハンプティ・ダンプティ――広大な脳のどこかで、その文句が浮かぶ――もう元には戻らない。

だがそこで、パットの中の良心ともいうべき思いが、強くそれに抗した。

感応者《フォース》の経済排除――ライスはどうなる？　その優秀さは評価されるのか？　あの男がいつでもくすぶらせている怒りを爆発させて、犯罪に走ったら誰が止める？　感応者《フォース》狩りがまた始まるのか？　また。何度でも。暦が、B.C.から、A.J.に変わって以来、あちこちで感応者《フォース》と感覚者《サード》の間に壁が作られ、その壁が崩れたり強化されたりする過程で多くの犠牲者を出してきた。

間違いのない解決方法は、壁を作らないことだ。しかし作らずにいられるならば、世界は二十年近くもの間、準備委員会の名称のままで統治されはしない。

準備委員会――二十年もの準備。それは、いったい誰のためだ。

ライスは捜査官となることで、怒りのはけ口を得た。感応者《フォース》としての目覚めが、彼の少年期を無惨なものにした。ライスは十八歳から前のことは絶対に口にしない。彼は再び踏みにじられるのか？　あの少女――ラファエル――ヴァティシニアンは？

答えはなかった。誰にも答えられるものではなかった。

代わりに、オーギュストは、パットにとって重要なことを告げていた。

何をすれば良いのかを。そうするために生きていると思うことのできる、目的と行動を。

「この事件では対感応者《フォース》の戦闘行為が顕著となるだろう。決して第四次元闘争《フォース・ディメンショナル・コンバット》として軍事要請のきっかけを作るな。絶対にだ。闘争のレベルを、お前たちのレベルで完結させろ。世界に悪夢のような戦争を再び起こさせるな。〈ノヴィア・レポート〉を犯人よりも先に手に入れ、ベシエール氏の切り取られた肉体を取り戻し、犯人を確保しろ」

それがパットの人生だった。

オーギュストの言下、他の捜査官たちとともにパットは立ち上がり――

そして今、ベシエール氏の邸宅に立っていた。

「あの人が、何かひどいことをしたって言うの？」

モリーが、言った。質問というよりも独り言に近い。

「ひどい目に遭ってるの？　なぜ、あたしには知らせてくれないの？」

パットはモリーの言葉を聞き流しながら、リビングを見回し、邸宅の捜査にかかる手順を計算していた。ベシエール氏が、どこかに保存したレポートを探さなくてはならなかった。感応者《フォース》の経済活動を大幅に制限する、モリーの言う「ひどいこと」の結晶を。

そのとき、ふいにラファエルが口を出した。

「娘さんに会わせて頂けませんか、モリー？」

モリーは、ラファエルに向かって顔を上げ、眉間に筋を浮かべた。

「あたしじゃなくて、あの子に教えるの？　確かにあの子はあたしが産んだ子じゃないわ。けれどもあの人と結婚するとき、あたし、はっきり言ったわ。あたしは子供が好きだし……」

「分かってます、モリー。貴女にも一緒に来て頂きたいんです」

モリーはじっとラファエルを見つめた。目の奥で、脈絡のつながらぬ感情が渦を巻いているのが明らかだった。だがやがて怠《だる》そうに立ち上がり、こっちよ、とラファエルに言った。

そこで、ラファエルが、パットに、目配せを寄越してきた。

パットはうなずきながら、この隙にレポートを探索しようかどうか迷ったが、捜査官たちに徹底的に家を洗えと告げ、結局、ラファエルとともにモリーの後について二階に上った。

ライスが馬鹿にしたような顔で、それを見守っている。

ふと、そのライスの携帯端末に連絡が入った。

誰もそれを見ていなかった。ライスは端末からの情報を確認し、

「馬鹿な……」

急に、押し殺したような呟きを漏らした。慌てて周囲の人間の様子を窺い、それから、そっと、誰にも気づかれぬように、一人、庭に出ていった。

Ⅳ 眠れる子供たち

1

ベシエール氏の前妻の子である七歳のミーシャは、若い女性の使用人と一緒にクレヨンでなかなか達者に絵を描いていた。

ミーシャは、モリーを見やり、それから、驚いたように、パットとラファエルを見た。そのあどけない様子に、パットの鍛えられた胸の奥の、鍛えようのない心の一部で、痛みが疼《うず》いた。咄嗟に、娘の名を口にする自分を抑えた。感情のロックが働く。やがて冷静なまなざしが、自分の娘とは似ても似つかぬミーシャに向けられた。

「モリーママ、このお姉ちゃんは誰?」

ミーシャが、右手にクレヨンを握ったまま、警戒するように身を縮めている。

モリーが返事をするより先に、ラファエルが、ミーシャにそっと近寄った。

「ラファエルよ。こんにちは、ミーシャ」

ミーシャはうつむき、やがて、おずおずと訊いた。

「お姉ちゃんも警察なの?」

「違うわ。警察と一緒に働くこともあるけど」

「パパが悪いことをしたから警察の人が来たの?」

「違うわ。パパは何も悪くないのよ」

ラファエルが輝くような笑顔で言う。ミーシャが頬を紅潮させた。

「パパは、ミーシャにもモリーママにも優しいのよ。前は何かにすごく怒ることがあったけど、ミーシャにもモリーママにも、そんな風に怒ったりしないわ」

「分かるわ。きっとそうなんでしょうね」

ミーシャの表情がふと柔らかくなるのが、パットの目にも明らかに映った。

ラファエルの中に何か安心する要素を見出したらしい。まくし立てるように言った。

「そうなの。でもミーシャに会いたいってパパが思ってるの分かってたけど、パパはなかなか帰ってこないの。モリーママが寂しいのに。だからミーシャはなかなかパパにミーシャを会わせなかったんだけど、そうすればモリーママにも優しくなるってお姉ちゃんみたいな人に言われてミーシャに会わせてあげたの。そうしたら、初めてパパが泣いたの。パパが悪かったってパパが言ってたから、それで警察の人が来たと思った」

「それはパパがミーシャやモリーママのことを愛してるだけで、悪いことは一つもないの」

　ミーシャは心底嬉しそうに微笑んだ。

「お姉ちゃんみたいな人が、そう言ってくれると、ほっとするわ」

　そこで、ミーシャがヘミングウェイの存在に気づいた。

「可愛い！　触ってもいい？」

「いいわよ。モリー、いいですか？　ヘミングウェイ、こっちへ来てくれる？」

　ヘミングウェイは大人しくミーシャの遊び相手になった。使用人が一緒になって笑った。

　パットには、ラファエルがこの子供に、何を期待しているのか、まるで分からなかった。

感応者《フォース》特有の《緒感《エモーション》》を働かせながら話しているのだろうが、ミーシャの話にはモリーの話に輪をかけて脈絡がなかった。

　はっきり言って、何が言いたいのかも分からない。

　ラファエルは、子供の相手をするのが単純に好きだという風にミーシャと会話をしている。

　その様子を、モリーが不安そうに見ていた。

　娘を感応者《フォース》と会わせたことで、ベシエール氏を怒らせるのを恐れているのだろう。

　パットは、スイスに向かうジェットの中で読んだベシエール氏の経歴を思い出していた。

　リヨン市で募集された兵員の中に、ベシエール氏の名があった。

戦中の活躍によって功労賞を得て、それがのちのベシエール氏の出世に拍車をかけた。

リヨン市は戦中、〈女王〉から特殊な超次元兵器を授けられた感応者《フォース》に襲われた街だ。超胞体兵器――いまだ、その正体が解明されぬまま、そう名付けられた兵器が、最大限に活用されたのは、世界で七ヵ所だけである。その事実が、リヨン市の復興に別種のエネルギーを与えた。感応者《フォース》に対する憎悪と怒り、といったエネルギーである。

ベシエール氏の家族は、その兵器の力によって死亡していた。両親と兄弟、そしてベシエール氏の最初の結婚相手と娘もともに。

パットはふと、ミーシャという名が、ベシエール氏の経歴にあった最初の娘と同じ名であることに、気づいていた。その途端、ベシエール氏が、戦争で受けた心の傷と、それを癒しきれぬ怒りに苛《さいな》まれる様子を想像したせいで、パット自身が、急激にベシエール氏に共感し始めるのを抑えねばならなかった。それはコントロールできない、危険な怒りだった。

「ミーシャは、誕生日はいつなの？」

ふいに、ラファエルがそんなことを訊いた。

「九月三十日よ。パパは毎年、色々とプレゼントをくれるわ。お姉ちゃんは？」

「私は十二月二十五日よ」

「すごい、クリスマスね。プレゼントは沢山もらえるの？」

「毎年、私のためにミサを挙げてくれるわ。パパはミーシャに、今年は何をプレゼントするって言ってたの？」

ミーシャはヘミングウェイの耳を引っ張るのをやめ、両手を大きく開いて見せた。

「大きな絵を描いてくれるって言ってたわ。パパが描いた絵よ。スイスのお山を見て完成させるって言ってたの。きっともうすぐ送られてくるわ」

パットは素早く部屋を出た。

階下に降り、ラファエルに聞こえないことを確かめながら携帯端末を取り出し、早口で命じた。

「ベシエール氏がスイスから送った郵便物はチェックしたか？　リヨン市に送られてきたものは？　そうか。郵便局に待機だ。四名で動け。中身は開けげず、俺が行くのを待て」

それから、ちらっと自分の右腕を見た。そこに齧り付いていたオレンジ色の虫の羽音を思い出しながら、付け加えた。

「バックアップ装備を用意してくれ。射出式の多眼装備を。荷電式の弾丸とショットガンもだ。地元の警察にはそれとなく伝えておけ。道路封鎖を要請する可能性があるかもしれん」

手早く連絡を切り、階段を上ろうとして、上から降りてくるラファエルと鉢合わせた。

「見てください。ミーシャからもらったんです」

ラファエルが、嬉しそうに画用紙を広げてみせた。

クレヨンの原色が太い線を走らせ、大きな翼を生やした天使の姿を描き出している。

天使は、両手を握り合わせて、街と森と太陽の間を、祈るように飛んでいる。もともと黒で描かれていたのだろう目の上に、青を足したらしく、色がにじんでいた。

「私に似てるって言ってくれたんです」

照れ臭そうに笑った。パットも少しだけ笑い、すぐに顔を引き締めた。

「ラファエル、俺は——」

「郵便局ですね」

聞こえていたのか、とは言わなかった。

「急がなければならん。敵も来る可能性が高い」

「私も行きます、パット」

まっすぐパットの目を見つめ、きっぱりと告げた。絵を畳んで上着の内ポケットに入れ、ヘミングウェイを呼んだ。

「バイバイ、ヘミングウェイ。また来てね」

ミーシャの歌うような声が、階上から聞こえてきた。

ヘミングウェイのすぐ後ろから、モリーがやってくる。

モリーが何か言いたそうな顔をしているのをよそに、パットは、捜査官たちに指示を飛ばし、自分はすぐに玄関を出て車に向かった。

車のドアに手をかけたところで、ふとラファエルが来ないのに気づいた。

玄関の方を振り返ると、芝生の上で、ラファエルがモリーと向かい合っている姿があった。

ラファエルが、言った。

「証拠品として保管されているベシエール氏の所持品の中に、花束がありました」

その手が、優しくモリーの手を握っていた。

「カードは白紙でしたが、私が残留思念を読み取りました。ベシエール氏は貴女にどんな言葉を贈ろうか考えていたようです。シャワーを浴びているうちに、きっと何か思いついたのでしょう。急いでバスルームから出てきたところを、犯人に襲われました」

モリーの顔が青ざめた。

咄嗟にパットは何かを言おうとしたが、何も言葉が出てこなかった。

「ベシエール氏は今、《混断《シュレッディング》》という超次元的手段で身動きが取れない状態にあります。犯人は彼を解放する代わりに、彼が果たした仕事を棄却するよう要求しています」

それを聞いたパットは愕然となった。

反射的にラファエルを射殺し、漏洩を防ごうとしていてもおかしくなかった。

だが不思議なことに、思考のロックはそれを命じず、パットをただ呆然と立ち尽くさせた。

「あの人……」

モリーが言いさした。目に見えてその膝が力を失い、ラファエルにしがみついた。耐えていたものが堰《せき》を切るのが見ていて分かった。モリーの口から激しい嗚咽《おえつ》がほとばしった。

「あの人を助けて下さい……」

泣き声に言葉を奪われまいと、必死に息を絞り出すようにして懇願した。

「私たちはベシエール氏の生命と仕事の両方を速やかに救出するために動いています」

「お願いです、あの人を……」

「必ず助け出します。ミーシャと一緒に待っていて下さい。素敵な誕生日になります」

ラファエルはそう言って微笑した。モリーの目から、それまで押し殺していた涙が一気に吹き零れ、慌てて駆けつけた使用人に寄り添われて家に戻っていった。


「機密保持の条項は知っているな」

パットが言った。

「はい。モリー夫人は被害者の親族であり、知る権利があったと思います」

「ベシエール氏の命と仕事は、公的にはまだ明確に関係づけられていない」

「なぜ狙われたのかを知らなければ、どう悲しんで良いのかも分かりません」

「被害者の親族が悲しむことで、予期できない行動に出られる場合がある。彼女が地元の政治家に働きかけ、独自に捜査させることで、我々の捜査と衝突する可能性がある」

「モリーは私たちを信用してくれたと思います」

「我々ではなく、君だけをだ」

「誰か一人でも信用できれば、その組織を信用しようとします。被害者の親族の信用を得られなければ、どのみち結果は同じだと思います。モリーは今にも何かをしようとしていました。モリー自身にもきっと何をするか分からなかったと思います」

つんと顔を車の進行方向に向けていたかと思うと、ふいにパットを振り返り、きびきびとした口調で言った。

「不信感は重大な危機を招きます。その危機を回避する努力をすべきです」

にわかにはパットも気づかなかったが、どうやらラファエルは怒っているようだった。

「今日の午後には、保安機構から、身元の確実な女性カウンセラーが到着する。モリー夫人に付きっきりで、メンタルケアに当たってもらう。心配は要らない」

だがラファエルはそれでは済まなかった。じっとパットを見つめている。パットは郵便局への道のりを確認しながら、唐突に、ラファエルのことを初めて子供だと感じていた。

「知っていたのか」

「え？」

「あの――」

〈ノヴィア・レポート〉のことを口にしかけて、途端に、脳裏にかけられたロックがその言動を封じた。微かにメトロノームのイメージが思い浮かび、今こうして感情の衝突を経験していること自体、いざというときにパットがどういう行動に出るか相手に察知されていないことを意味する、という思惑がよぎって、すぐに消えた。

パットは大きく呼吸して、自分の中に仕掛けられた暗示から意識を引き離した。

その様子に、ラファエルは、パットに施された束縛についてだけは、察したようだった。

「ベシエール氏が総監したレポートについてですね。知っています」

そのときふと、パットは〈宝石《テソロ》〉を思い出した。二十四面体の、結束された主要メンバーを。その中には、ラファエルの義理の父親であるトマス枢機卿も加わっているのだ。ラファエルがレポートについて承知していても、何もおかしくなかった。

「レポートのことで、貴方が私に対してこそこそしていたと思って……その、私――この場合は、素直に感情をぶつけたほうが、信頼が得られると思ったんです……」

ラファエルは、どうやら速やかに怒りを鎮めているようだった。

パットはまた別の意味で溜め息をついた。

「内容を承知で？」

脳裏のロックに抵触しないよう、注意深くパットが訊いた。

「知っています。非公式に感応者《フォース》の生活モデルタイプとして協力したこともあります」

これで明らかだった。ラファエルは全てを承知している。

だが、なぜそのことに今まで思い至らなかったのか。思考のロックのせいだ。かなりの範囲でロックされている。パットは改めてそのことに気づいていた。そしてそっと考えた。オーギュスト捜査顧問は、何を恐れているのか。不信感。重大な危機。そう――ヴァティシニアンが独自に捜査を展開し、この事件を解決しようとすることを恐れているのだ。ヴァティシニアンが、感応者《フォース》を使って、戦闘行為に走ることを。

かつての大戦のように。ヴァティシニアンが育て上げ、そしてそのコントロールを失った〈女王〉の記憶が、今の世界の原理を作り出していると言って良かった。

そしてふと、ラファエルが何もかもを知っているのだ、ということに気がついた。

「脅迫状――蟹座の……」

脳裏のロックのせいで、言葉がつかえた。

「〈蟹座の皇帝〉と名乗る者からの、脅迫状ですね」

素早く察したラファエルが、後を続ける。

パットが、反射的にかぶりを振るのも構わず、ラファエルが、それを諳《そら》んじた。

我々は主張する。我々は行動する。我々は眠らない。

我々に対する不当な扱いを企む者がいる限り、G．B．の砂時計は下流し続ける。

我々の前にいかなる門も閉ざされてはならない。

我々は可能性なのだから。

　蟹座の皇帝が命じる。門の鍵を渡せ。


「〈砂時計の下流〉は、《混　断《シュレッディング》》と《消　失《ディサッピア》》のことでしょう——」

そう告げるラファエルの声が、パットの脳裏で、オーギュストの声と重なった。

急激にまたその時の光景が眼前に浮かび上がる。

オーギュストの苦々しげな声が、耳の奥で響いた。

（——解読班からの報告では、〈蟹座の皇帝〉は星座に基づいた期限を表していると同時に、かつて〈女王《フォース》〉が率いていた感応者の軍団の一つに、同名の部隊がある。突撃部隊だ）

単語ごとに、暗号解読班と心理科学行動班による注釈が現れては消えてゆく。

（——〈門〉は経済制限、〈鍵〉は〈ノヴィア・レポート〉のことだ。彼らはベシエール氏を仕留めたものの、肝心のレポートは入手していない。経済調整機構にも提出されていない。完全に行方不明だ。レポートが経済制限の具体化に必要不可欠なのを、犯人は知っ

ている。無論、それがあれば、経済制限の網をかいくぐるキーコードが手に入ることも)

さらに、オーギュストが付け加えた。

(──〈眠らない〉という表現には、心理科学班からの報告がある。意志の強さを示すというよりも、同じ思想を抱く者が大勢いる、ということを暗示しているとのことだ)

眠らない──パットの脳裏にその言葉がきらめいた。

そう。眠りはしない。砂時計──トランスが始まっている。全身が凄まじい勢いで闘争の準備をしようとしていた。電子的なトランス誘導が開始され、胸に渦巻く感情が解放を期待して疼《うず》きを起こす。組織は俺を使う。便利に使う。最適な形で使う。俺を生かしてくれる。

(──期限はあと三日。それまでに要求を通さねば、G.B.すなわちベシエール氏は消滅する。そしてまた要求が通らぬ場合、〈蟹座の皇帝〉が動き出し、さらに被害者を増やすという脅迫だ。テロリストという死語を使う気はない。この脅迫者を、超次元的手段による誘拐罪、殺人罪、脅迫罪の容疑で逮捕する。世界政府準備委員会は犯人の生死を問わず解決を叫んでいる)

はっと、我に返った。

パットの全意識が、今いる場所を認識した。

一瞬の間、完全に眠っていたような感覚があった。

　同時に、素晴らしいほどの覚醒感とともに、スイスでのオーギュストの記憶が遠のき、これから、何をどうすべきかが、明確に意識にのぼってきていた。

　パットは、傍らのラファエルを横目で見やった。

「君は、ヴァティシニアンから、どういう命令を受けている？　俺をバックアップするのか？　それとも俺のバックアップのもとで事態を解決しろと言われているのか？」

　ラファエルは、十分な沈黙を置いてから、答えを返してきた。

「貴方と共闘するよう言われました。同じ目的を持って。私自身もそれを望んでます」

　パットもまた同じ程度の沈黙を置いた。ラファエルは今はっきりと、自分が戦闘要員であると告げていた。十七歳の感応者《フォース》として。その若さという可能性も、生まれ持った能力の可能性も、一瞬で奪われる可能性に満ちた争乱に生きていることを。

　――ハンプティ・ダンプティ。パットの口の中でイチジクの味が甦った。

「感応者《フォース》の兵士は常に厳重な監視下に置かれる。私生活も全てチェックされ、毎月山のようなカウンセリングを受けなければならない。一般兵の比ではなく」

「はい。私も、四歳の時から似たような経験をしています」

「そんな状態にあってまで、何のために戦う？」

「守るために。未来を」

　いっそパットの方が清々とするような、さっぱりとした声音だった。

「こんな詰まらないことで、再び大きな戦争を招いてはならないと思っているからです」

凛として告げるラファエルと、初めて彼女をみたときの姿とがふいに重なった。

殉教者の歩み。最初の印象がまた別の意味を帯びるのを感じた。ベシエール氏の作り出したレポートは、感応者《フォース》から社会で自由に生きる権利を奪うためのものだ。超次元的能力を持ちながら――そして、これだけの若さでありながら、ラファエルは自分から大人しくその檻に入ろうとし、さらにはそのために危機に身を置いていた。哀れである以上に、どうとらえるべきかも分からない態度だった。彼女に反発する感応者《フォース》は大勢いるだろう。それが予測のできない事態を招くのではないかという空恐ろしい気持ちさえ湧いた。

だが同時に、このとき本心からラファエルに感謝する自分もいるのが分かっていた。パット自身、戦争はもう嫌だった。日々の闘争が心の支えになっていることと、果てしない破滅の光景を再び見ることとは何もかもが違った。

そのくせ、別の心の一部は、常にモスクワの光景を抱いている。そこに立つ墓石の下にいつでも帰りたがっている。死者に会いに。墓石に手を触れ、変わらぬ愛情ゆえに決して消えぬ悲しみと憎悪を抱きに。そして、任務を達成することでしか生きていけない自分を自覚し、自らトランスを求めるために。

ハンプティ・ダンプティ――ばらばらなのは自分だ。自分の心だ。

助手席で静かに両手を重ねて座るラファエルを見ながら、思う。

だがどうしようもなく、またぞろ、ベシエール氏に共感する自分を感じていた。

かつて第四次元感応者《フォース・ディメンショナー》の兵器に、街中の人間が、生きたまま肉体をゼラチン化されたことを思い出していた。自分の妻と娘が、身を守るために隠れていた地下室で、七十時間以上かけてどろどろのゼリーになっていったことを。

「私を信じて下さい、パット」

はっとパットが目を上げると、バックミラーの中で、ヘミングウェイがわずかに身を起こし、警戒するようにパットを見つめている。

脳裏のロックが働き、コントロール不能の激情からパットを救った。

パットはハンドルを握りしめ、墓石のイメージ、その掌に伝わる冷たさ、地下室に満ちる悪臭、妻と娘の溶け崩れたまま呼吸している姿を振り払った。

今の組織は俺を使う。適切に。俺は俺を使う。自分だけ生き残った苦痛に耐えるために。

戦後の新時代が真に平和に満ちた世界であったなら、自分はとっくに自殺していたに違いなかった。保安機構と感応者《フォース》による犯罪の間で、かろうじて生きる意味を見出していた。

「今から君を戦闘要員として認識する。郵便局でレポートと一緒に装備を受け取る。君は俺のバックアップとして、敵位置とその感応力の分析に専念。可能ならば敵攻撃を抑制し、さらに俺が命じたときのみ、敵捕獲および殺害をはかれ。復唱だ」

ラファエルは素直に復唱した。それから、瞑目し、ぼつりと呟いた。

「私たちの働きによって、多くの人の中で、いまだ終わらない戦争が終わることを祈ります」

その姿は確かに似ているとパットは思った。ミーシャがラファエルに渡した絵に。

クレヨンで描かれた不器用な天使。

目に、青と黒をにじませて。

2

交差点の一画を占領するように建つ灰色の建物の壁に、朱色で世界通信機構《マークノイン》のロゴが記されている。傍らのブロックにカフェがあり、人通りも多かった。洒落《しゃれ》た街灯とベンチの並ぶ遊歩道と、そこを行き交う人間たちに、ラファエルが《緒感《エモーション》》を込めた目を向ける。

パットは、郵便局からやや離れたパーキングエリアに車を停めた。

「複数の人間の緊張を感じます。こちらを見ている感じです」

車から降りた途端、ラファエルが警告した。

パットはうなずき、足早に郵便局に向かった。ラファエルとヘミングウェイが追う。

郵便局の入り口で、捜査官二名が待機していた。一名は乗り付けた車の中で携帯端末で会話しており、もう一方が車外に佇んでいたところ、パットの姿を見つけて歩み寄った。

「荷は、奥の配送待ち受けにあります。配送前に押さえました。二人、荷を見てます」

パットはうなずいた。四名全員、あのスイスでの会議の後でヘッドに直々に呼ばれた捜査官たちだった。

「ベシエール氏が、ここ以外の宅配手段を用いた可能性は?」

「ないそうです。例の装備はトランクに入ってますが……」

「それは後だ。お前たちはここで待機しろ。ラファエル、ヘミングウェイ、俺と一緒に」

そこで、突然、彼らのすぐそばで、タイヤをすり下ろすように急停止する車があった。

「ライス……」

パットが眉をひそめた。

「コード08レベル」

車から出たライスが、不味《まず》いものでも口にふくんだような顔で告げた。

「バックアップ要請が間に合うまで、俺があんたの尻に付いてなきゃならん」

パットは素早く携帯端末で確認し、ライスにうなずいてみせた。

「お前が率先して来るとは珍しいな、部下はどうした、ライス」

「モリーママの面倒を見てるさ」

ライスが唇を吊り上げ、ちらっとラファエルに皮肉っぽい目を向ける。

「お嬢ちゃんは、ここで犬と遊んでたらどうだい」

「私も行きます」

ラファエルがちょっとむきになって言った。ライスが横柄に肩をすくめた。

「行こう。全員でだ」

パットの言下、三人と一頭が動いた。

郵便局の裏に回り、パットが身分証を提示しながら、配送事務所に入っていった。

「ご苦労様です、捜査主任」

さらに別の捜査官が二名、出迎える。

パットは、テーブルの上の小包を見やった。宛名は、ミーシャ・ベシエールとあった。

「ラファエル」

「おそらくそれです。特殊な仕掛けはありません。普通に開封して大丈夫です」

パットはベルトから小さなナイフを抜き、慎重に小包の封を切った。

中から、パットの掌に、すんなり収まるほどの宝石入れが出てきた。

蓋を開くと、中に、カードと指輪が入っている。

パットはラファエルやライスにも読めるように、カードを開いてみせた。

『我が娘ミーシャへ。誕生日おめでとう。絵は完成した。世界に祝福を。パパ』

パットは咄嗟に、ベシエール氏が、どれほど自分の仕事に身を捧げていたかが窺えたような気がして、打たれたようになった。

我が娘、祝福――この文句を記したとき、ベシエール氏はすでに死を覚悟していたのではないか。自ら、憎むべき感応者《フォース》の標的となって。

指輪は細かなダイヤをあしらった中心に、ひときわ大きなダイヤを嵌《は》めたもので、子供に贈る物にしては、ずいぶんと大きなサイズだった。

チーム〈宝石《テソロ》〉――その名の通りの指輪を手に取り、ついでラファエルに向けてかざした。

「間違いありません」

ラファエルが言った。ダイヤを模した光子式の記録媒体――だが、詳しいことは口にしなかった。パットは内心、そのことに感心した。捜査官二名が、ラファエルの態度から、ここに来るまでの間にパットが抱いたのと同じ思いを抱くのが分かった。ラファエルは全てを知って協力している。だがパットには、なぜ彼女がそうするのか、捜査官たちに上手く説明できる自信はなかった。

「引き続き、保安機構ビルまで案内を頼む。我々の車の前後を挟むように運転してくれ」

そう告げたとき、ふいに、指輪を持ったパットの腕を、ライスがつかんだ。

「パット、それが何なのか、教えてくれんのか」

「特述コードだ」

その一言で、通じるはずだった。

ライスはじっとパットを睨んだ。そのいかにも意地の悪そうな目が、ぎらぎらと光っている。怒りと嘲《あざけ》りを限りなく濃縮して、視線に溶かしこんだような目だった。

「匿名で、俺の端末に情報が入った。ノヴィア・レポートについて」

ライスの言葉に、パットは一切、表情を動かさなかった。

「端末の上級コードだ。上層部の中に、俺を指さして、馬鹿げた事態を止めさせようと思った奴がいる。感応者《フォース》から金を奪おうなんていう事態をな」

「敵に、端末が奪われた可能性が高い。騙されるな。冷静になれ、ライス」

「俺はあんたみたいに、保安機構に魂まで売っちゃいない。あんたは、体も頭も、ボルトだらけにして生きてる、ポンコツだ。洗脳された、殺人バカだ」

ラファエルがライスの後背に回りかける——が、感応力を有するライスが、素早くその動きを察し、銃を抜いた。

「動くな！」

金切り声で吠えた。二名の捜査官は、ぼうっとそれを眺めている。

「パット、いったい何万人の感応者《フォース》が保安機構のために働いている？　何のために？」

「平和のためです」

ラファエルが言った。

「黙れ！」

ライスが喚《わめ》いて撃鉄を上げた。パットは腕を握られたまま、微動だにしない。

ヘミングウェイが、ふいに、唸り声を上げた。

「こういう時のためだ！　いざというときに、自分で自分をどうにかできる立場にいるためだ。クソを食わされないためだ。俺をこづき回そうとする連中にクソを食わせるためだ」

「ライス、敵が我々のプロフィールをつかんでいるならば、お前を利用し――」

「それがどうした。ポンコツのあんたにこれを任せておけるか。こんなしろものは俺が今ここで消す。世界の感応者《フォース》を俺が救うんだ。あんたは自分の頭に向かって引き金でも引いていればいい」

パットの手が動いた。ほとんどそうと見えぬ、緩慢でさえある動きだった。

ぽん、とライスが突き出す拳銃の銃口を、右の手の平で叩くようにしてつかんだ。

バン！　パットの手の甲が爆発したように捲《めく》れ返った。

高熱で血が蒸発する、焦げた鉄の臭いがあたりに充満した。

撃ち抜かれた手で、構わず銃身を押し下げながら、つかまれていた方の腕をひねって振りほどき、ライスの腕に絡めて締め上げた。手はダイヤを持ったままだ。

ライスが言葉にならぬ怒りの声を上げた。その感能力を発揮する気配が、熱波のようにパットを襲った。パットの巨体が音もなく沈んでライスの足を払い、一方の手で銃を奪い取りながら、完全にもう一方の腕だけでライスの体を宙で回転させ、床に叩きつけた。

「おうっ」

ライスが呻《うめ》いた。ラファエルは目をまん丸にしている。超次元的な能力の持ち主が、単純な腕力のなせるわざに呆気に取られていた。

「くそったれ！」

甲高い叫びとともに、遅れて本当に熱波が来た。《線引き《ライナー》》と呼ばれる力で、たった今、発射されて床に叩き込まれた弾丸の熱を引っぱり寄せたのだ。

さらに他の空間と線引きしながら平面状に拡大し、日本の扇子のように左右に広がりながら迫った。目に見えぬ高熱の塊が、パットの胸元にまともに命中した。衣服と皮膚が焼け、肉が裂けて血の臭いが溢れかえる中、独特の、ハッカのような香りがした。それがライスの残留芳香だった。

胸を熱のかまいたちで抉《えぐ》られるのとほとんど同時に、パットは、委細構わずライスの胸に拳を振り下ろした。銃で撃ち抜かれた手はすでに再生が始まっていた。

ごぼっと湿った悲鳴を上げて、ライスが気を失った。熱のかまいたちは、パットの心臓に届く遙か手前で霧散した。

血が沸騰する臭いが、ハッカの香りをかき消した。

捜査官二名に向かって、パットが顎をしゃくった。

「拘束しろ。ただし、今ここで聞いたこと、見たことは、全て忘れろ」

捜査官二名は、ぽつねんと突っ立ったまま動かない。

「どうした――」

パットが、言いさして捜査官らを見やった。

そのとき、ヘミングウェイが今も唸り声を上げ続けているのに気づいた。

ラファエルが、なんと、その手に水晶の剣を生やし、捜査官二名に向かい合っている。

「敵か」

パットが、銃を構えながら、訊いた。

「はい」

ラファエルが、眉をひそめて返す。悲しみに青ざめたような表情だった。

捜査官二名は、ぼんやりと、こちらを見つめている。

徐々にその二人の顔から生気が失われてゆくとともに――微かな音が響きだしていた。

二種類の、変異した空気が、パットの鼻をついた。

竹のような青い匂い。そして、革製品を広げた時のような匂い。

　ヘミングウェイの唸り声が、大きくなった。

　捜査官二名の顔が蒼白になっている。血の通わぬマネキンを思わせる顔色だった。

　その唇が開き、細かな羽音が、彼らの喉の奥から聞こえてきた。

「もう一人の他人《アナザーネイバー》です。さっきまで彼らそのものでしたが、今は、どこかに並在する別の彼らと入れ替えさせられてます」

　ラファエルが、捜査官たちの身に起こったことを《緒感《エモーション》》で察した上で、断言した。

「虫が潜んでます。二人の感応者《フォース》が協力し合って——入れ替えさせられた彼らの命を……

……」

　ふいにドアが開いた。封鎖された郵便局の、局員たち三名が、部屋に入ってくる。銃声を聞きつけて現れたのではなかった。みな、捜査官二名と同じように生気を失った顔をしており、だらしなく開いた口の奥の暗闇で虫の羽音を響かせていた。

「なんてことを……」

　ラファエルの声が悲痛を帯びた。パットがライスから離れて前へ出た。ラファエルがはっとしたときには、すでにライスの銃の引き金を引いている。

　二人の創り出された捜査官たちは、ほとんど同時に、顔面に銃弾を受けて吹っ飛んだ。

　一人が奥のロッカーにぶつかって、投げ捨てられた人形そのままに倒れ込んだ。

　その向こうで、ふいにロッカーが開き、中から、次々に何かが溢れ出した。

乱暴に《混断《シュレッディング》》された、手足や頭部が、ばらばらと床に散らばった。明らかに、ロッカーに収容できる量ではない、多数の人体の断片が、雪崩のように転がり出てくる。

鉄錆の臭いが空気に混じった。嘔吐を催すような臭いだった。

「ラファエル、ロッカーのあれは誰だ！」

「捜査官です、今の二名と——この事務所の人間三名です。死んでます……」

ラファエルは、分断された人体から目を逸らさず言った。

ヘミングウェイが、ラファエルの前に立ち、鋭く吠えた。

「空間転移であのロッカーに……三人目と四人目の敵が、さらに連携しています」

撃ち倒した、偽物の捜査官たちの体が、風船のように膨らみ始めていた。

郵便局員たちが、緩慢な動作で、左右に移動してゆく。

「安全な方角は分かるか！」

「後退して下さい！　そのロッカー室へは入らないで！　外へ！」

パットは銃を握りしめたまま、素早くあたりを見回した。

銃声を聞きつける者が他に誰もいないということが危機感を高めた。外にいるはずの二名——彼らが乗る車によって運ばれてきたはずの武器。

銃を構えながら、もう一方の手にある指輪をもてあますように見やる。

「ラファエル！」

悩むよりも前に、それを放っていた。

脳裏の特述コードも、なぜかそれを許した。

ラファエルは意外そうに大きく目を見開いて、宙の指輪を素早くつかんだ。

「俺の指には小さすぎる」

自分が戦闘を担うことを告げた。自分が持っていると、破損したりする可能性があった。

ラファエルは、小さくうなずき、素早くサイズの合う指を探した。右手の薬指にちょうど合った。指輪をくるっと回し、ダイヤが掌の内側に来るようにした。

「死守します」

短く告げた。ラファエルの表情が戦場の険しさを帯びた。パットの中で、どこか遠くから来るかすかな胸の痛みと、優れたパートナーに対する信頼感とが、同時に起こった。

「装備を整える。後退しながら索敵を続けろ。バックアップを頼む」

倒れたライスの上着の襟首をつかみ、引きずった。

ラファエルがまず外に出て周囲を窺い、ついでヘミングウェイが事務所を出た。

最後に、パットが、出口のドアを、背で押して開く。ドアを出ようとしたところで、ふいに体を引っ張り返された。

ドアの縁を、ライスの右手が、爪を立てて、しっかりとつかんでいた。

「ライス――」

ライスのもう一方の手が閃き、パットの頬に叩き込まれた。体重の乗った鉄拳だった。《線引き《ライナー》》によってライスとパットの体重を引き寄せ、拳と一緒に叩きつけたのである。

パットの頬骨が砕け、衝撃で右の眼球が眼窩からせり出した。つかんでいたシャツが破け、ライスの体が解放された。

「豚めっ！　組織の豚っ！」

さらにライスが殴りかかった。その背後で、局員たちの体が風船のように膨らみ、破裂した。

今度はライス一人分の体重だけが乗った拳がパットの胸に叩き込まれた。パットがわずかに後ろへよろめくとともに、引き裂かれた局員たちの体から、竹の葉に似た芳香とともに、黒い渦巻きが出現した。瞬く間にびっしりと事務所の窓という窓を覆い尽くす。

赤い目を持った、無数の蝿であった。

「パット！」

ラファエルの叫びが聞こえた。

「ライス、敵だ！」

パットが怒鳴った。ライスはにやりと笑って蝿の群を振り返り、

「俺は、お前たちの味方——」

言いかけたライスの全身に、黒い津波のように蝿がたかった。ライスの叫びを、無数の

蠅のはばたきの音がかき消した。

3

蠅にたかられた窓ガラスが、見る間に溶けていった。

「ライス！」

パットが、宙で唸りを上げる蠅の津波へ手を伸ばした。まるでどす黒い色で燃え盛る炎に腕を突っ込んだようだった。手探りでライスの腕をつかんだとき、花の香りがした。

パットの目の前で、蠅の津波が爆発し、ぽっかりと穴が空いて、傷だらけのライスの姿が現れた。今度こそ本当に意識を失い、ぐにゃりとパットの腕の中で虚脱するライスの背に、鋭く美しい水晶の花が咲いていた。

「パット、今のうちに！」

ラファエルの声と力を感じながら、ライスを担いで出口から離れた。通りでは通行人が仰天して遠ざかろうとしていた。

道路に出たヘミングウェイが、郵便局の前の歩道に向かって、盛大な唸りを上げている。

郵便局の窓から黒いものが続々と溢れ出てきていた。蠅ではなく、蟻だった。さながら黒く濁った水が噴き出るように、猛烈な勢いで広がってゆく。

「我々は眠らない」

「我々は行動する」

蟻が告げた。一つ一つは小さすぎて聞き取れないような、キイキイという癇に障るような甲高い声音が、寄り集まって言葉になっているようだった。

「我々の前にいかなる門も閉ざされてはならない」

「我々は可能性なのだから」

どろどろになった窓ガラスが飛び散った。黒い渦の残りが解き放たれ、あたり一面に吹雪いた。通行人がパニックをきたして逃げてゆき、進入してきた乗用車が蠅にたかられ、ハンドルを切り損ねて反対側の歩道に乗り上げた。

「虫は抑えます！　パットは装備を！」

ラファエルが、黒い嵐へと果敢に歩み寄りながら、両手を開いた。

その両腕に、あの透き通る水晶が、咲き乱れた。

艶《あで》やかな花の香りとともに、黒い渦がラファエルの眼前で弾き返された。第四次元方向から飛び出る水晶の刃が、黒い渦の内部から蠅と同じ数だけ出現し、ミクロのレベルでバラバラに引き裂いてゆく。

気づけばヘミングウェイの姿がなかった。パットは構わず表通りに出て、先ほど入り口で言葉を交わした捜査官たちのいる車へ駆け寄った。

「開けろっ。敵だ――」

二人とも、動かない。

車の外に立った捜査官は、パットをぼんやり見つめたまま、徐々に頭から崩れていった。まるで積み木が音もなく崩壊するのに似ていた。鉄錆の臭いが強く鼻をついた。

その捜査官の崩れゆく胸元から、第四次元方向に作用する力が行使されるのを感じた。竹の葉に似た匂いを、これまでになく強く感じた。

パットは銃を突き出した。その腕が、ふいに、目に見えないワイヤーに絡みつかれ、四方から引っ張られているような感覚に支配された。

発砲した。崩れてゆく捜査官が倒れた。撃った衝撃で、パットの肘から先がバラバラに崩れ、一瞬遅れて、血が噴いた。

《混断《シュレッディング》》によって腕をもがれた直後、倒れた捜査官と、車の助手席に座っていた捜査官の肉体が、同時に破裂した。

短い黒いリボンのようなものが歩道に溢れかえり、瞬く間に車の内外を覆い尽くした。

黒と茶色のまだらのムカデが、波濤のように押し寄せ、

「馬鹿め」

「効くか」

「銃など」

ぎざぎざした声音で言葉を発した。

パットは、傷だらけのライスの体を放り出して、虫だらけの車へ走った。残った左手を、車のトランクにかけた。無数の脚を持ったムカデたちが、あっという間に這いのぼってきた。肩や胸のあたりで、ムカデの哄笑が聞こえた。

構わずトランクを開いた。右手はまだ再生しきれておらず、左手でショットガンを手に取ると、子供用の野球バットでも扱うように軽々と回転させ、曲撃ちのように自分の右肩に銃口を押しつけた。

引き金を引いた。二度目の銃声で、表通りからも人が残らず逃げ出すのが分かった。肩口に命中した荷電式の弾丸は、凄まじい火花を放ってパットの全身に激烈な電撃を駆け巡らせている。ムカデが弾き飛ばされ、パットの顔中から血がしたたった。せり出していた右の眼球が白濁した。ショットガンを回転させて弾丸を薬室に放り込むと、車に向けて撃った。

血の焼けつく臭いが、世界を覆うような強さでパットの鼻腔を刺激した。

車にこびりついていたムカデの大半が一瞬で焼け死んだ。

そのときには、パットの右腕は、物が持てる程度には回復している。ピンク色の、爪も生えていない右手で、トランクの中のケースを素早く操作した。ケースから、幾つもの機器が、それこそ虫のように飛び立っていった。

射出式の多眼装備が、空中に展開し、脳内の端末とリンクする間に、催涙弾と発煙弾をポケットに詰め込んだ。

ハンドガンを右手で持ち、左手にショットガンを構えた。

白濁した右目が視力を回復するのを待たず、パットは目を閉じた。

空中に多眼装備が展開し、トランスに陥る脳が、虫の複眼にも似た視界にリンクしてゆく。二十箇所以上もの視界が、同時にパットの脳で処理され、通りの様子、周囲の建物、民間人の有無、郵便局内部の敵の有無を、進入した宙を舞う機械仕掛けの〝目〟で確かめていった。

脳裏でメトロノームが音を立てた。全身の痛みさえ忘れていった。トランスが訪れようとしていた。目を閉じたまま、向かいのコンビニエンスストアに歩み入り、拳銃を持った手で証明証を掲げた。

「連邦保安機構《マークエルフ》だ！　みな建物から出ろ！」

自分がそのような声を発していることさえ、パットには意識されていない。

いかなる心理操作にも引っ掛からず、読心能力さえ無効化するトランス状態だった。

証明証をしまい、仁王立ちになるパットの両脇を、郵便局の中にいた人間が我先にと出てゆく。その喧騒も、誰かが何かを騒ぎ立てているのも、機械の正確さで把握しながら、パットの心はいまや完全に「無」となっていた。

ふいに、パットの五感にそれが引っ掛かった。感応力の気配——鉄の錆びたような臭い。

ほぼ無意識に行動した。思い切りショットガンを振るって、他の客と一緒に出ていこうとする一人の青年を殴り倒していた。

鉄錆の臭いが、ますます強くパットの鼻をついた。

「お前を殺人罪、誘拐罪の嫌疑で拘束する」

何をどう弁明されようとも、機械的に限られた言葉でしか応答せぬような口調だった。

殴り倒された青年は、ずるずると床を這い、カウンターをよじ登って立ち上がった。

「劣等人種！　劣ったクズ！　お前はクズだ！　人類の不よー品だ！」

青年が叫んだ。歯の破片と血が混じってその口から噴き零れた。

「新しい力に適おーしなかったクズだ！　人類の可能性をそがーいする虫けらだ！」

涙を流しながら、舌っ足らずな子供のように喚き続けた。

パットは「無」のまま青年に銃を向けた。この建物をあらゆる角度から視覚していた。

「抵抗すれば射殺する」

パットの言葉よりも、その声音に、青年は恐怖を抱いたようだった。

「せんせぇー！　せんせぇえー！　せんせえええ！」

カウンターにしがみつき、おいおいと泣き喚いた。

パットは青年に銃口を向けながら、その他の敵と、ラファエルの位置確認に努めている。ラファエルは裏口の虫を掃除し終え、通りを、こちらに向かって来ていた。ヘミングウェイの位置も、すぐに分かった。

追跡にかけては、さすがに一日の長のある種族だった。トランス状態にあるパットの心のどこかで感嘆の念が湧いた。いったいいつの間に駆けのぼったのか、ヘミングウェイは郵便局に隣接したビルの屋上におり、そこにいる人間と対峙していた。

相手の人間は、年は三十半ばほどで、サラリーマンのようにスーツを着込んでいた。そのスーツの上着を脱ぎ、にやにや笑って、子犬ちゃん、とでも呼びかけているのが、口の動きで分かった。ヘミングウェイに向けて口笛を吹きながら、ワイシャツのボタンを外してゆく。

ヘミングウェイが、戦闘犬の怜悧さで、じりじりと男に近づいている。

男がワイシャツを脱いだ。綺麗に日焼けした体だった。そのあちこちに、シミが湧いた。そのシミが体の外に出て、宙に舞った。

蛾だった。全身から蛾が湧き出し、男の胸から下を覆うとともに、宙に舞い出した。ヘミングウェイの前進が止まった。どうやら毒蛾らしかった。だが男に近づくことはやめず、回り込んでゆく。むしろ男の方が後退していた。

男の足下から、またぞろ虫が湧き出た。血のように赤い蟻だった。

男は、その虫について、アフリカ産であるとか、大型動物を生きたまま喰うとか、ヘミングウェイに蘊蓄《うんちく》を垂れているらしかった。

ヘミングウェイが立ち止まり、唸るのをやめた。牙を剝き出しにしていたほうが、よほど愛嬌があった。トランスに入ったパットですら、そのときのヘミングウェイの方が、自分が手にしたどの武器よりも物騒な存在に感じられた。

殺意の塊と化したヘミングウェイの姿が、一瞬にして消えた。

恐ろしい迅速さで反対側へ回り込むなり、勢いをつけて跳んでいた。男に慌てた様子はなかった。その余裕すらなかったのを、多眼装備が的確に捉えた。

ヘミングウェイが、男の首に嚙み裂いていた。まるで一本の意志を持ったナイフが、右から左へとまっすぐに宙を舞ったようだった。

男の喉笛がごっそり抉れてなくなっていた。

遅れてたかろうとする虫を、ヘミングウェイが、素早く身をひねってかわした。

血の泡が男の口と傷から噴き出した。

男の全身から虫が湧き出し、無秩序に八方に溢れかえった。

男は、自分が絶命したことにも気づいていないような顔で、その場にひざまずいた。

ヘミングウェイが宙を仰ぎ、多眼装備の一つと目を合わせた。有能で忠実な猟犬が、にやりと笑って、戦果を報告する手間が省けたことを喜んでいた。

「パット・ラシャヴォフスキー」

誰かが、パットの背に声をかけた。

「四十五歳。大戦開始時、二十八歳か。私と同い年だな」

パットは目を閉じたまま、そちらに、拳銃だけを向けた。

誰も居なくなった郵便局の壁面に設置された、鏡の中に、その男が立っていた。

鏡のこちら側では、血まみれのパットが、青年に対して銃口を向けている。

にもかかわらず、鏡の向こう側から、傷一つ負っていないパットが、黒いタキシード姿で、行儀良く携帯端末を覗きながら、声をかけてきていた。

「せんせぇええ！」

青年が甲高い声を上げた。

「おお、ピエール。お前がそんな姿を見せるなんて信じられんことだ。お前は新しい人種、得がたい新人類、その勇者なのだ。ほら、立ち上がりなさい」

青年は、よろよろと立ち上がった。銃口も気にせず、鏡に向かって歩き出す。

「動くな」

制止したが、きかなかった。パットは青年の足に向けて、拳銃を発砲した。

弾丸は空中でばらばらにされ、音だけがこだました。続けて撃ったが、青年はちらりとパットに侮蔑の表情を見せただけで、弾丸のことごとくが《混断《シュレッディング》》されていた。

「このピエール・ラパンはね」

と鏡の中のパットが、銃を持つパットを宥めるように告げた。

「私のところに通っている患者の一人でね。ほうぼうで見放された末に私のもとで正しい自分を見つけたのだよ。それまでは、ずっと浮浪児として生きてきたのだ。何せ、彼が自分の家族を〝混断〟してしまったのは七歳のときでね。本人も訳が分からなかったと思うよ」

「せんせぇが俺に黒い月のことを教えてくれたんだ」

鏡の中のではなく、銃を持ったパットに向かって、青年が唄うように言った。

「黒い月から天使が降りてきて、俺に力を授けてくれたんだ。劣等人種を消すために」

パットは、もう一人いるはずの〝同時並在〟の敵を警戒しながら、無言で目の前の視覚情報を記録・転送している。

そのパットに、鏡中のパットが、やれやれとかぶりを振ってみせた。

「光と音を操作して、この鏡に投影しているにすぎない。声紋を採ることもできないし、残留芳香も検出できない。私を探る努力は無駄だ」

「なぜ、生命包含者《スキュレイター》の男を、殺した」

トランスの中で、そう訊いた。ほとんど意識していなかった。話を引き延ばし、情報を得るのだ。そういう命令が、深層意識でたゆたっていた。

「うん？　生命包含者《スキュレイター》？　……ああ、ジョーダのことかね。ジョーダ・イーサ。さあ、名前を録音して、保安機構で調査するがいい。あれも私の患者だ。生命包含者《スキュレイター》だと本人が思いこんでいるだけで、正体はただの手の込んだ《分節《ブロッカー》》だ。コピーした生命を自動化しているにすぎない。自分が放った物を、消す以外、全くコントロールできないのだ」

鏡の中のパットは、本心から嘆くようにかぶりを振った。

「そのくせ自分の力を誇示したがる。露出狂の一種だ。本人は虫などちっとも好きではないくせに、好きなふりをしているのだよ。要するに、人を驚かせたいだけなのだ。おかげで、いたるところ証拠だらけではないかね？　私が苦労してヤツがばらまいた証拠を消したところで、後から後から人に見せたがる愚か者だ。とはいえ、証拠を分散させて、私自身には捜査が届かぬよう計らってくれたのだから、役には立ったかな。彼と私のつながりは、捜査しても無駄だ」

「同時並在の敵の気配がないのは、お前が移動させたからか」

「きかずもがな、というところだな。それよりも、保安機構きっての人間狩り《マンハント》の名手に、伝えておきたいことがあるのだがね」

「俺に？　精神疾患者の弱みにつけ込んで操る、異常精神科医が何の用だ」

そこでようやく、パットの右目が再生された。パットは多眼装備を脳裏にリンクさせたまま、ほとんど無意識に、それまで閉じていた目蓋を開き、鏡中の自分と目を合わせた。

「はは……私が精神科医であるということを指摘したところで、何の自慢にもならない。ご存じの通り、我々は患者のプライバシーを守る役目を負っており、連邦法治機構《マークァィン》から、我々自身をも守る法律が施行されているのだ。いかなる事情聴取も、拒否できる。私を特定するには、世界中の精神科医を当たれば良いと思うかね？　まあ、やってみることだ。ベシエール氏がかかっていた精神科医やカウンセラーも当たってみるといい。法律の迷宮に足をとられている間に、〈蟹座の皇帝〉は目的を達成しているだろう」

「俺に、伝えたいことというのは、なんだ」

「ふむ……眼の色を間違えていたな」

鏡の中のパットの瞳が、変貌した。

「これで君とうり二つというわけだ。なに……君は、自分が今一緒にいる人物について考えたことはあるかね？　この建物のどこかで、私からも姿を隠している人物について？」

パットは何も言わなかった。いつの間にか、多眼装備の視点からも、ラファエルの姿が消えていたのは事実だった。ヘミングウェィは今、屋上から階段を降り、玄関口に回って、ここに居る青年をパットと挟撃する体勢に入っている。

「もちろん、考えたことがあるだろう。彼女は、我々にとっても大切な人間なのだ」

「ラファエルを知っているのか」

「直接面識はないが、もちろん、彼女がどのような存在であるかは知っている。彼女こそ、眠れるセフィロトへの階梯に立つ、天使の一人であるのだから」

「俺にヴァティシニアンに対する疑念を抱かせるつもりなら無駄なことだ。俺は保安機構の命令で動いているのであって、俺の疑念で組織が動くことはない」

「おお、パット。そんな風に心を閉ざしてしまって、苦しくはないのかね」

「そんな子供を使って、良心は痛まないのか」

「ピエールは充実しているのだよ。君と同じように、目的を持ったがゆえに」

「目的？」

「人類の覚醒だよ」

当然ではないか、というような素振りで、鏡の中のパットが告げた。

「それが、我々〈黒い月教団〉の目的だ。私たちは、その剣であり兜だ」

「教団？　秘密結社気取りのカルト集団か。小綺麗な言い回しで格好つけるな」

パットは他にも、なじる言葉を探した。この相手は、こちらが必死に罵倒すればするほど、愉快になるタイプだと、深層意識《フォース》が告げていた。言葉をつなぐのだ。もっと多く。保安機構から応援が来て、複数の感応者で周囲を固められるまで。

「やれやれ、君は頑《かたく》なだね、パット。黒い月は〈女王〉が我らのために遺して下さったものだ。君は、黒い月の作用を知らないのかね、それとも多くの人間と同じように眉唾だと思っている？」

「黒い月が、人体に作用して、感応力を覚醒させるという説は、世界政府準備委員会が用意した調査委員会によって、正式に否定されている。オカルト教団が、信じようともな」

「おお、パット。何を無邪気なことを言っているのかね。私は実際に、黒い月の儀式を知り、それを実践しているのだ。ただし、不完全であることは認めるがね。君は知っているかね。感応力が目覚めるとき、逆に精神が眠ってしまうことがあるのを」

「眠る？」

「人によるがね。何度も儀式を繰り返し、ゼロから感応力を目覚めさせてやった患者がいるんだが――彼は非常に高いＩＱを持っていてね。素晴らしい記憶力と発想力とを持っていた。私と彼は互いに協力して、都合、五度の儀式を、彼に施した」

鏡の中のパットは、優雅にシルクの上着を翻し、神に文句をつけるように天を仰いだ。

「するとどうなったか！　彼の感応力は飛躍的に向上したにもかかわらず、その知能は幼児並みに低下してしまったのだよ！　私は、眠れる心と目覚める力の相関が知りたい！　そこに黒い月の意志があるはずなのだ！　我らは、自らと、そして黒い月にて眠れる女王とを、ともに目覚めさせんとする者だ！　人類の覚醒と選抜を司《つかさど》る者だ！」

「黒い月の中で女王が生きているというのも、よくあるカルト思想だ。貴様らは、ただの炭化物と金属の塊をありがたがって崇拝した挙げ句、政治的な事件を起こす馬鹿どもだ」

「おお、パット、君の方こそ、世界の裏側が察せないほどの純真な子供じゃあるまい。感応力の覚醒に関して、真に管理しているのはどこの機関だね？　そう、ヴァティシニアンさ。彼らが、適合者を育て、そして不適合者の芽を摘んでいるのだ」

「ただの教育機関にすぎない」

「私だって、一介の精神科医にすぎないさ」

鏡の中のパットは、愉快そうに笑った。

「我々は、これまでヴァティシニアンが独占してきたことを、我々感応者《フォース》自身の手に取り戻したいだけなのだ。かつて〈女王〉がヴァティシニアンを見捨てたようにね」

「カルト教団にありがちな、抽象的な目的だ。ヴァティシニアンの調査研究は、世界政府準備委員会の用意した機関と常に連動している。お前たちも素直に参加すればいい」

「……まあ、どうせ録音しているのだろうから、理解できる人間が、後で繰り返し聞くといい。その中でもこれだけは覚えておきたまえ。ラファエル・リー・ダナーは、セフィロトの階梯に立つ天使として、我々にとって大切な人物なのだ。指輪は、彼女に届けさせたまえ」

「なに？」

そこで、鏡の中のパットが、しずしずと両手を差し出してみせた。

その両方の手の中に、一つずつ、ころん、と眼球が転がっている。

「指輪とこれを交換だ。良いかね？　黒い月が八番目のセフィラーである天使ラファエルにかかる時、その示しうる場所において、交換しよう。もちろん、ラファエル・リー・ダナー一人で来ることが条件だ。盗聴、盗撮もダメだ。我々に隠れてそうしようとする努力をするのならば、我々はＧ．Ｂ．の砂時計に関して今後一切交渉しない」

「ラファエル一人でだと――」

「君もその資格を持っているが……話していて気が変わった。ジョーダ・イーサのように私を不快にさせる可能性があるし……何より君は、自分の可能性を、すっかり組織に預けてしまっている。君は人に銃弾を叩き込む以外に、最近、生き甲斐を感じたことは？」

「ないな」

それがどれほど正直な答えであるのか、パット自身にも分からなかった。

ただその瞬間、パットの全無意識野が、あらゆる危機を察知し、引き金を引かせていた。

青年の目の前で、ショットガンの弾丸がバラバラに跳ね返された。

同時に、拳銃を握った手で、発煙弾を取り出し、天上に向けて放っている。

その発煙弾を、拳銃で撃った。煙と――炎が上がった。天井の消火機構が働き、スプリンクラーが一斉に水を撒いた。

煙の向こうで、青年が狼狽《うろた》えるのが手に取るように分かった。感応者《フォース》として未熟であることも。その感応者《フォース》が、たかが煙と火と水の出現で大いに惑乱させられていた。

「せんせえええええ！」

青年が叫んだ。パットはショットガンを青年に向けて発砲した。青年の周囲で電撃が青白い火花を上げる。直撃はなかったが、電撃のあおりをいくらか食らったらしく、青年の身が異常に強張り、痙攣を起こして倒れた。

そのとき、部屋に一斉に複数の人影が現れた。

レザースーツに身を包んだ女たち――どの女も好戦的で、淫らな目つきで、そして完全に同じ顔で、おそらくどれもが、創り出された動く影、もう一人の自分《ドッペルゲンガー》だった。手に手に銃器を持ち、入り口を固め、カウンターの向こうにぞろりと姿を現し、裏口からも一斉に銃口を向けた。

総勢十六名の一人の女が、同時に発砲した。

パットは、振り向きざまに一秒間の半分で、手にした銃弾を全て撃ち尽くした。創り出された女たちが、ばたばたと倒れた。そしてパットが撃った何倍もの弾丸が、その肉体にさんざんに叩き込まれた。

血の焼けつく臭いが、閃光のようにパットの脳裏に広がった。

4

パットの巨体が、宙を舞った。

その腕も足も胸も撃たれている。宙にいる間も弾丸がその体を穿《うが》ち、肉も骨も引き裂き、無数の鉄片を食い込ませた。

血まみれの雑巾《ぞうきん》のようになったパットが、鏡のすぐ脇の壁に叩きつけられた。

その壁も床も銃創だらけだったが、鏡だけは亀裂一つ入っていなかった。

「君の英雄話は色々と聞いていただけに、非常に残念でならない」

鏡の中のパットが、しゃがみこんで、倒れたパットに囁きかける。

「君には色々と、因縁があるのだよ。たとえば、君が五年前に射殺した、通称イチジク《インジール》を覚えているかね？　彼も、私の、患者でね……私の言うことをよく聞いたものだ」

パットが、血まみれの顔を上げた。

その頬が裂け、砕けた顎が露出していた。舌が動き、何かを言おうとした。トランスが半ば解けていた。目の前の相手に対する果てしない憎悪が、パットを動かそうとしていた。

「何か言いたいことが？　私に診察して欲しいかね？」

鏡の中のパットが、馬鹿にしたように、耳に手を当ててみせた。

その動きが、ふいに、ぴたりと止まった。

空気を引き裂く鋭い音とともに、鏡に一本の線が縦に走っていた。

鏡の中のパットが、尻込みしながら、低く呻いた。

押さえた腕のスーツが、綺麗に引き裂かれ、血がしたたっていた。

「位置を捉えました！　犯人を確保します！」

深い森の中で、ふいに、美しい鳥の鳴き声が響き渡るような声音だった。

立ち込める煙の中で、いつの間にか、ラファエルが鏡と対峙していた。

右手に、水晶がシュロの葉のように展開し、その葉の一枚が、鋭い剣のように伸びた。

その剣尖を、ぴたりと、鏡の中のパットに向ける。

いまや鏡の中のパットの相貌が、崩れかけてはまた復元し、ただ黙って立っているラファエルと、熾烈な感応力同士の闘いを繰り広げているのが分かった。

ラファエルの背に、レザースーツの女たちが、一斉に銃口を向けた。

「やめなさい」

ラファエルが静かに告げた。女たちが、ほうぼうで、ぺっと唾を吐き、引き金を引いた。

銃声は一つとして起きなかった。女たちが一斉に愕然とした表情になった。

その手の中で、全ての銃の引き金が綺麗に切り落とされていた。

激昂した女たちが一斉にナイフを抜いた。わらわらと近づいてきた。

ラファエルの表情が、目に見えて、深い悲しみに落ちた。

その胞体である水晶が、左腕からも生えた。肩口に生え、肩甲骨《けんこうこつ》に沿って花咲き、花弁がさらに花弁を開かせ、倒れ伏すパットの眼に、一つのイメージを浮かび上がらせていった。

ひるがえる、対の翼——水晶のような美しさで羽ばたくもの。

それは、この世界の多くの人間が、かつて七度だけ目の当たりにし、それゆえ、戦後の復興に別種のエネルギーを与えることになったもの——そのものだった。

〈女王〉の印——ナチスの鉤十字をマイナーな存在におとしめたシンボル。

三対の輝ける翼。

レザースーツの女たちが、ラファエルの展開したものにぎょっとし、ついで、かえって危機こそが快感であるというような痴《し》れた顔つきで、一斉にラファエルに殺到した。

女たちの何人かが、虹色の光の中で蒸発し、武器を握った手首だけが床に落ちた。

何人かが、ばらばらに引き裂かれた。何人かが、消滅した。何人かが、四次元的に裏返り、ついで球体となって転がった。

そして何人かが、どろどろに溶けたゼリーになった。

光があった。あの破滅の輝き。世界に七度だけ用いられた光が。

女たちの姿が、完全に消えていた。それ以上増えさせず——女が新たに力を発揮する余地すら与えず、完全に、ラファエルが、空間そのものを支配していた。

水晶の翼と剣を携えたラファエルが、鏡に向かって告げた。

「私が、パットとともに、赴きます。ベシエール氏の眼を返して下さい」

鏡の中のパットが、にこやかに微笑んだ。

「お目にかかれて光栄の至りです、ラファエル・リー・ダナー。貴女の聡明さは聞いていたが、実に話以上だ。私をこのまま確保しても、ベシエール氏は元には戻らない。彼の眼球はすでに私の操作によって、あるところに固定されている」

「私のことを誉めるのなら、なぜ、最初から言葉で対話をしようとしないのですか。なぜ、自分の姿を現さないのですか」

「それは我々の主義ゆえです、どうぞご理解を、クイーン」

「なぜ、そんな風に私を呼ぶの」

「それは、貴女がクイーンより、最後の天使の羽を授けられた――」

「やめて下さい」

いっとき、十七歳のラファエルの顔が浮かび、そして、消えた。

「……約束して下さい。ベシエール氏の眼を、交渉まで保存すると」

「お約束します。ただし、今回の交渉が、最初で最後です、ラファエル・リー・ダナー。G．B．の砂時計はすでに崩れ始めている」

「分かりました。行って下さい」

「くれぐれも、私めを追わぬよう……」

「追いません。保安機構は何とかします。あなたたちも、これ以上の騒ぎはやめて下さい」

そのときだった。

「せんせえええ！」

それまで気を失っていた青年が跳ね起き、ラファエルに向かって絶叫した。

「ピエール、やめ――」

鏡の中のパットが止める間もなかった。

ラファエルに向かって、その感応力が吹き荒れた。

鉄錆の臭いが爆発し、ラファエルの身から展開する水晶が粉々に砕けた。

青年がぴたりと動きを止め、呆然とラファエルを見た。

青年を見つめるラファエルの表情が、みるみる悲しみに覆い尽くされてゆく。

青年が、心細そうに、鏡の中のパットを振り向いた。

「せんせぇ……」

その瞬間、青年の肉体が、急激に発光し始めた。

髪が輝きを帯び、ついで、輝きそのものになった。青年の唇が動き、鏡の中の支配者を呼ぼうとしたところで崩れた。青年は無数の燐光と化し、宙に浮かぶのではなく、一点へ吸い込まれるようにして消えてゆき――やがて、一個の物体となって床に落ちて転がった。

ひどく小さな、リンゴの種ほどの大きさの、漆黒の球体だった。

かつてイタリア半島を丸ごと同じ状態にした力の、ほんのわずかな片鱗――鏡の中のパットが感激に目を潤ませ、血まみれのパットは驚異に凍りついている。

「今のは――」

ラファエルが、急に年相応の動揺をあらわにして鏡を振り返った。

「もちろん、不可抗力です、クイーン。どちらにとっても」

鏡の中のパットが、いかにも遺憾だというように首を振った。

「私が、自己流の黒い月の秘儀を授けたことで、ピエールの力は増していました。そのせいで貴女の翼に触れてしまったのでしょう。悲劇ではありますが、しかし、それは私が正しい道を歩いている証拠でもあるのです。これで私が不愉快になることはありません」

今度はラファエルの方が、悲しげにかぶりを振っていた。

「なぜ……貴方のような人たちは、いつも、そんな風に……」

「その話は、今はよしましょう、クイーン。それでは、これにて失礼させて頂きます」

鏡の中のパットは勝ち誇ったように一礼すると、ふっと消えた。

そこにあった鏡も消えている。後には、銃創だらけになった壁があるばかりだった。

「パット――」

ラファエルが呼んだ。

パットは身じろぎした。その頰が再生されかけていたが、声になるには至らなかった。もしその掠《かす》れた息吹がかろうじて言葉になったとしたら、こう告げていたはずだった。

「超胞体兵器――」

刹那、パットの中から、堪《こら》えようのないものが噴き出した。

叫んだ。もはや言葉にもならなかった。

身を屈めかけたラファエルが、はっと、これまでに増して悲痛の表情を浮かべるのが分かった。

懐に隠し持っていた銃を引き抜き、ラファエルに向けた。きつく眉をひそめて涙をこらえるような少女の顔面に向かって、警告を与える間もなく引き金を引いた。

ラファエルの体がのけぞり、床に投げ出された。

それを追って起き上がった。全身から血がしぶいた。体中が熱かった。肉体と霊魂の全てが炭のように真っ赤に燃えていた。自分の血が憎悪で煮え立つ途方もない実感があった。

喚いた。言葉にならず、ただひたすら獣のように吠えた。眠っていた憎悪が、顔中の細胞を突き破って滴るようだった。

倒れたラファエルに向かって、パットは瞬く間もなく全弾を撃ち尽くした。

トランスも、隠された暗示も、組織に依存することで自我を破壊されずにすんだ怒りと憎悪も、全てが痛烈に鼓膜を叩く銃声の中にあった。

「返せっ！」

意味をなさぬ喚き声の中で、不思議とその言葉だけが明確に送られた。

「返せっ！　返してくれっ！」

血と一緒に涙が流れた。子供のように――目の前で大事な物を叩き潰され、慟哭《どうこく》する子供だった。憎しみと怒りの叫びが、一緒くたになって泣き声になっていた。

撃ち尽くした銃の引き金を引き続けながら、息を限りに叫んだ。

その瞬間、全てがそこから消えていた。

ラファエルの姿がなかった。

パットの背後から、花の香りとともに手が伸びてきて、そっとその両肩に置かれた。

パットが素早くラファエルを振り向き、銃口をラファエルの胸にねじりこんだ。

「俺に返せっ！」

ラファエルもまた、泣いていた。

「お願い――許して」

ラファエルの両腕と、花の香りが、パットの銃を握る手と頭とを抱いた。

ふいに指が引き金を引く最後の力を失った。愕然となった。ラファエルの胸で、ぶるぶると銃を握る手が震えた。やがて腕全体ががくりと垂れ下がるのを、絶望の思いで感じていた。自分はまた、その引き金を引くことができないのか。それを引き、終わらせることができないのか。そういう思いに打ちのめされた。

「やめろっ……」

子供のように泣いた。頬が、完全に引き千切れ、血を噴いた。

ラファエルの頬や胸元に、パットの血がしたたっている。

さらに強く、パットの頭が抱かれた。

恐怖が来た。全身が激しく痙攣した。脳裏に固定され、常に己を支え、縛り、適切な場所に置き続けてきた何かが、突然、花の香りとともに解体されようとしていた。

戦慄した。喉の奥から、恐怖の塊がこみ上げてきた。焼けつく血の臭いがした。

長く絶叫が迸《ほとばし》り続け、やがて唐突に途絶えた。

ぐったりと意識を失ったパットを抱くラファエルのもとに、ヘミングウェイがやってくる。もうずっと前から建物の外にいて事態を見守っていたが、ようやく、自分が立ち入っていい状況になったとでも言うように、ふんと鼻を鳴らし、パットを見た。

それから、身を震わせて涙を流すラファエルを向き、その頬を、ぺろっと舐めた。

5

「困ったことをしてくれたものだな、トマスよ」

宙に浮かぶ銀の卵——オーギュスト・″ヘッド″・グールド捜査顧問が、苦々しげに虚空に向かって言い放った。今、その保護ポッドの通信機器の接続先である、遠く離れたフィレンツェの、トマス・リー・ダナー枢機卿の車椅子に設置されたヴュー・フォンに、その苦虫を束にして嚙んだような顔が、電子映像によって正確に再現されている。

「それほど困ったことなのかね、オーダ」

トマス枢機卿が、穏やかに返す。

オーギュストは、愛称で呼ばれたことにおぞけを震ったように、宙でかぶりを振った。

「私と貴様の間柄で、今回の件は困ったことの最大候補だ。うちの優秀な捜査官の特述コードを、超次元的手段で、解除してしまうとは。いっそ殺してくれたほうが、まだましだ」

「うちの娘は、そうそう人は殺さぬよ。人間狩りを自称するそちらと違って」

「何を言う。郵便局だけで約八人死んでいるのだ。しかも同時並在者の残留物体と混同している可能性がある分、死者は少なく見積もっているのだぞ」

「ヴァティシニアンの使者は、今、死人の多さの責任を問われているのかね？」

「重要情報の漏洩容疑と、同じく重要情報の隠蔽容疑、さらには捜査官への危害」

「どれも的を外れている」

「組織はそうは受け取らぬ」

「どのような処置を?」

「現状では、捜査から外すのが、最も無難な選択だ」

「あの子は承知せんだろう」

「それで困っている。ヴァティシニアンは捜査を混乱させるために彼女を送ったのか?」

「犯人側からの直接要求があったのだろう?」

「彼女から犯人の要求の内容を聞くことが第一義だ。なぜ彼女は黙る? 彼女には分かっているのか? うちは人間感情を管理するのであって、それに従う組織ではないのだぞ」

「何をやったのだ、ラファエルは」

「フランスの保安機構ビルにある感応者《フォース》専用の尋問室に入れたところ、尋問者を無視して、強力な《意思伝達《テレパス》》能力で全館に呼びかけおった。私を行かせて下さい、と。いったい何重の感応力妨害装置が張り巡らされていたと思っておる。それら全てを紙細工のように吹き飛ばした時点で、ビルの館長が、彼女を完全封鎖することを私に打診してきおった。だいたいにおいて、彼女と容疑者との会話は全て録音されており、暗号解読班は、全員一致で、彼女と容疑者の間で教唆ありと発表した矢先なのだぞ。今こうしている間にも上層部によって彼女が犯人の黒幕と断定されたとしても、私には責任が持てぬ」

「オーギュスト――」

「ダメだ。貴様が何を頼もうとも不可能だ」

「オーギュスト、彼女を行かせてやってくれ。さもなければ、敵が急襲しかねないぞ」

「なんだと？　それは、彼女が、敵側に内通しているという――」

「そうではない。敵感応者《フォース》にとって、ラファエルという存在は、アイドルのようなものだ。今回の事件でも、敵は、ラファエルとの接点を持つことも計算に入れていたはずだ」

「彼女の力が欲しいと？」

「存在の全てだ。ラファエルの生い立ち、実在するという事実、その持つ力の全てが、地下に潜って情報をかき集めながら破壊願望を膨らませている感応者《フォース》にとっては、垂涎《すいぜん》の的なのだ」

「本当に、彼女は〈女王〉の娘だと……？」

「それはラファエル自身がいつでも葛藤している問いの一部だな。なぜ自分なのかと苦しんでいる」

「そんな個人感情を、保安機構に納得させろと――」

「お前が納得してくれればいい」

　オーギュストの顔が引きつった。

「貴様……私は、これまで私の指示で戦ってきた捜査官たちを蔑《ないがし》ろにはできんのだぞ。今回の件で死んだ捜査官の家族の感情の方が、よほど納得できる」

「分かっている。きっとラファエルもそうだ。争いゆえの死を悲しんでいる。これ以上の被害者を出さぬためにも、一人で行きたいのだ。そしてまた、ヴァティシニアンが同じ過ちを犯さないためにも、お前の協力が必要なのだ、オーギュスト」

「貴様……このっ、トマスめ。ならば、一つだけ明確にしておけ」

「ふむ」

「ラファエル・リー・ダナーの父は、誰なのだ」

「――――」

「孤児という立場を、彼女自身に納得させたのは、誰なのだ」

「彼女にそれを納得させた一人は私であるだろう……だが、父親は、私ではないよ。私がラファエルの本当の父親だと考えているのならば、それは間違いだ。そうした個人的感情で、お前にこれからの高度な政治的駆け引きを頼んでいるのではない」

「では、母親が誰であるか、ここで大々的に発表し――」

「それは、我々の年代の者が口にすべきことではない。彼女の世代に託すべきことだ。親があらかじめ答えを用意するようなものではないか。我々ヴァティシニアンは、かつてその間違いを犯した。〈女王〉はただ、我々が教えたことをそのまま再現しようとしただけなのだ。政治や、人間の死や闘争、歴史、あるいは諸々の宗教的観念を」

トマスの眼光に、ふいにオーギュストが圧倒されたように宙を数インチほど退いた。

「多くの選民思想者や、世紀末思想者どもが群れ集ったとき、〈女王〉は、それが人々の望むことなのだと思ってしまった――事実、そうだったゆえに。〈女王〉自身は、何も望んではいなかった。ただ単に、普通の子供と同じように、多くの人に愛される自分になりたかっただけだ。そして、ラファエルは、愛される以上に、自分から人を愛する努力をしている子だ。その思いが、いつか彼女に自分の出生を公《おおや》けに語る機会を与えるだろう」

オーギュストは、そこで退いた分だけ宙を前進し、意地の悪い笑みを浮かべて、訊いた。

「貴様、彼女の父親になりたかったか？」

トマスは何も答えない。静かな微笑を浮かべている。

オーギュストは、ちょっとばつの悪い風で口をへの字に曲げた。

「……保安機構は、凶悪犯罪者よりも、むしろ、超法規的行動を取ろうとする者の方を激しく追い詰める。それは自分たちへの裏切りだからだ。その感情をコントロールしろと言うならば、私はそのために善処しよう。同士討ちは、私も先の大戦でほとほと飽いた」

「ありがとう、オーダ」

オーギュストは、口を尖らせ、何か言い返そうとしたが、結局何も言葉にならず、溜め息をつきつつ回線を切った。

6

——ハンプティ・ダンプティ、塀の上から落っこちた。

眠るパットの脳裏にその文句が繰り返し歌われた。

(お願い、許して)

——王様も家来も、元には戻せない。

言葉の合間を、膨大なイメージが流れ込んでは去ってゆき、パットの心を揺さぶり、ときに宥めた。イメージ——それはむせかえるような花の芳香とともにパットを満たしていた。

(何を許すというのか)

解除された脳裏の特述コードの間隙《かんげき》に立って、夢中のパットが問う。返ってくるのは、墓石のイメージ——広大な墓地に並ぶ戦災犠牲者たち、冷たい石、地下室の臭い、そして、世界が七度だけ見た光の翼。世界が一丸となって女王の軍に対し徹底抗戦をはかった、最後の年、死の一年間、女王は七度追い詰められ、七度その光を放った。だが、八度目はなかった。

女王の軍はほとんど抵抗することもなく、イタリア半島を道連れに滅んだ。

(彼女はその土地を愛していた)

すでに人が住める場所ではなくなっていた荒野を——。

女王に対して放たれた何発もの核ミサイルがもたらした惨禍。超次元的手段によって女王たちは無事だった。力の解明が足らなかったのだ——ようやく世界中が超次元的手段の存在を認め、対策を練ったのは、世界で二十カ所もの島々が沈んだ後のことだ。

最後の一年間は、感応者《フォース》狩りの年、収穫祭の年、あらゆる成果をもって女王とその組織と全てのシンパを滅ぼす人類の年だ。世界の暦の変わる最後の年だ。その年——

(許して)

超胞体兵器が七度だけ使用されたが、その正体はいまだ明らかになっておらず、

(なぜ、その一年間だけなのだ)

第四次元物体によって構成された兵器はいずことも知れぬ闇に消え、

(女王が初めて、自分からその身を守ろうとしたの)

世界は終戦を迎えた。再編される世界像のもとで、全ての人々が傷つきながら新時代を求めていた。感応者《フォース》も感覚者《サード》も、ともに。平和の到来。パットは酒浸りの生活に陥った。

(女王は自分の命ではなく、もう一つの命を守ろうと——)

保安機構に招かれるまで、何度、自分の頭を撃ち抜こうとしたことか。

(守るべきもの)

それを失ったのだ。墓石のイメージ。どこまでも大地を覆いゆく死者の標《しるべ》の群れ。

女王は何を守ろうとしたのだ。世界中のエキスパートが集結した暗殺部隊は、女王を殺すことができずに全滅したが、女王に憎悪を届けることはできた。親衛隊に囲まれ、世界から隔離された女王に、世界が今、どういう状態であるか、教えることができたのだ。人人がどれほど女王を憎んでいるか――

（女王の感応力は、人類に、超次元的手段という扉を開かせることができたの――）

（女王の後で、同じ力を持った感応者は、発見されていないわ）

（人に、超次元的感応力を目覚めさせる力――セフィロトの階梯を上らせる力）

だが、それゆえ、女王は世界に招かれざる者と化した。

（本当は、そのとき、女王は自分の命を捨てようとして――）

パットは、夢の中に流れ込んでくるイメージを、かつてない穏やかさで受け入れた。

（身籠っていたのか）

だから、女王は八度目の光を、自らに対し用いた。扉である自分を閉ざして――

（ラファエル――女王は、お前を――あのとき――）

もともと、超胞体兵器は、胎内に眠る子によって目覚めた力――

（サーシャとマリーヤが死んだとき――）

そして女王は地上に子を遺し、全てを抱えて黒い月となった。

女王軍の主戦力が忽然と消失したことで、世界の軍勢は勝利に向かって驀進《ばくしん》した。

パットもそこにいた。終戦に向かって雄叫《おたけ》びを上げて。平和な時代に自分の生きる場所がないことを、半ば直感しながら。銃を手に、感応者への憎悪と怒りを叫んだ。

パットはいつしか涙を流していた。

（黒い月――）

その口が、おのずと、妻と娘の名を呼んでいた。

（資格――降り注ぐ力を受け取るための）

パットは、そこで静かに自分の目蓋が、開かれるのを感じた。

クリーム色に統一された、保安機構のビルの医務室にいることを確認しながら、ゆっくりと起き上がった。

頭が冴えていた。脳に長い間、何かが入り込んでいて、それがふと抜けた感じだった。

自分の体を見た。傷もほとんどない。肉体を改造した軍人――極めて特異な再生力を有しているがゆえに、英雄となった人間狩人――

（違う）

パットの胸の奥底から、その思いがするりと顔を出した。

鏡の中のタキシード姿のパットが言ったことは、真実だった。何もかも。ラファエルとともにパットにもまた、その資格があるのだということについて。

先ほどまで見ていた夢も、ラファエルが自分に送り込んだイメージとともに、自分が、ラファエルから読み取ったイメージもふくまれているということを。

肉体を改造したのは事実だった。再生力を極限まで引き出すための手術を。

だが、その手術を繰り返し行ったために、かえって死にかけていたのも事実だった。

あの最後の年——多くの感応者《フォース》が、感覚者《サード》の側に立って、世界に災いをもたらす女王に向けて進軍していた。

その感応者《フォース》の大半は、大戦中に目覚めた者たちで、パットもその一人だった。

自分の肉体のゲシュタルトを《再築《リビルド》》する力——無数の傷の記憶を抱えてなされる世界の復興そのもののように。

何度も銃で自分の頭を撃ち抜こうとしたのではない——実際に何度も撃ち抜いたのだ。

保安機構に招かれたとき、それに応じた第一の理由は、そうすることで最新技術による思考と記憶のロックが可能だったからだ。

パットの頬が震えた。最初は小さく、そして徐々に、それと分かる嗚咽が迸った。

涙が溢れた。泣きながらも、どこかで心は晴れていた。許すという言葉が、少しずつ胸中に広がり、やがて、あの花の香りとともに、パットの胸を満たした。

と同時に、別の臭いがした。それは自分の体ではなく部屋に充満するものとしてはっきり感じ取られた。

焼けつく血の臭い。
自分自身の残留芳香――いつでも闘争において発揮されてきたもの。
パットは涙を流したまま立ち上がり、自分は感応者《フォース》なのだ、と呟いた。

V　光のどこかで

1

その夜、保安機構リヨン支部のビルの守衛たちが、まっすぐ玄関の階段へと向かってくるレザースーツの女に気づいた。

「そこで何をしている」

一人が呼び止めた。そのときにはすでに一人が携帯端末で女の人相を確かめ、屋内にいるヘッドにすぐさま連絡を取ろうとしており、別の一人は腰のホルスターに手を当て、女を呼び止めた方のバックアップの態勢に入っている。

女が立ち止まった。赤みがかった茶色の長い髪が、水のようにまっすぐ下へ垂れている。その髪を、やたらと放埒《ほうらつ》な仕草で肩からはねのけ、にたりと笑いかけた。体を覆うレザースーツが見事なラインを描いており、腰に手を当てて胸を突き出すようにしながら、

「おじさん、キスしようよ」

女が言った。くちゃくちゃとガムを噛み、ははっと笑った。

「何をしている」

守衛が律儀に同じ質問を繰り返した。

「増やした分が来るのを待ってるんだよ。あんたらの動きを探るために、街中にばらまいてたからね。そいつらを呼び戻してるのさ。あの大男と、売女《ばいた》の娘をぶっちめるにゃ、限度一杯まで力を使わなきゃって先生に言われてさ。そのためには、ここにオリジナルのあたしが居るのが一番だからね。ほら、すぐそこまで来てるよ。あたしは今までに三度、うちの先生から、黒い月のお恵みを受けてるからね。半端じゃないよ」

守衛が用心深そうに近づき、

「そうかい。とりあえず一緒に来てもらおうか。詳しい話を聞こうじゃないか」

「話すよりも、いいことしたいんじゃないの。ほら、二人来たから、四人プレイだ」

女が顎をしゃくった。守衛たちがそちらを見やって、揃って目を剝いた。目の前の女とうり二つの女が、二人、手に手に銃を持って、こちらへ歩いてくる。

「動くな！」

守衛たちが銃を抜いたとき、バイクの集団が道の左右から走り込んできた。その背後から何台もの車が続々と現れ、ついで別の通りからタクシーが何台も到着した。

同じ女がうじゃうじゃ集まって守衛たちに全く同じ放埒《ほうらつ》な笑みを向けた。

ぞろぞろと並んでこちらに歩いてくる群衆がいた。その全てが、同じ顔の女で、そして、手に複数の武器を持っていた。

「あんた一人じゃ、手数が足らねぇよ、おっさん」

そう言って、女が、口の中のガムをぺっと吐いた。

百人を超す、たった一人の女たちの軍勢が、それを合図に、一斉に引き金を引きながら、嬌声を上げてビルへ殺到した。

けたたましくアラートの鳴り響く廊下を、パットの巨体がしなやかに進んでゆく。手に銃を持つ捜査官やガードマンたちが、指示を飛ばし、一般の事務員を誘導しており、その喧噪の中でも、携帯端末から届くオーギュストの声は、比較的良く聞こえていた。

「装備は整っているかね？　ハンドガンだけでは不安か？」

「多眼装備を二十基ほど飛ばしています。銃は三丁。まずは十分な装備です」

パットは、思考のロックが外された頭で、多眼装備の使用限度が、感覚者《サード》ではせいぜい六つ程度であることを思い出していた。二十方向もの視覚を、同時に処理できるということ自体、感応者《フォース》としての力の片鱗だった。

「貴様は《再築《リビルド》》以外、感応力の初期兆候くらいしか持たぬからな。戦闘行為に熟練した感応者《フォース》と対峙するには、多眼装備を忘れぬことだ」

「捜査から除外された自分が所持するには、過ぎた装備では――」

「緊急事態だ。火急かつ速やかに事態の解決に当たれ。ふむ、脈拍は平常のようだな。実に冷静だ。スイスからずっと貴様の状態はフォローしている。彼女が拘束されている部屋の鍵は、私の方からは、五秒間だけ解除可能だ。なお……」

　そこで、オーギュストの声が、意地の悪い笑いをふくんだ。

「この会話は録音されておらん。自由な意見を述べるならば今だぞ」

「ありません。感謝しています」

　真面目に言ったつもりだったが、オーギュストは憤激するように盛大な鼻息を返した。

「どいつもこいつも、感謝をすれば良いと思っておる！」

「は……」

「貴殿が正常に覚醒したこと自体、私には奇跡だ。本来、たが《ロック》の外れた貴様が、正気を失ってこのビルを内側から襲撃していてもおかしくはない。半不死の感応者《フォース》など、実にぞっとする」

「ラファエル・リー・ダナーの感応力のお陰でしょうか」

「自分の精神力をもう少し評価したまえ。ロックが精神の骨のギプス代わりになった、と貴様の担当医師は表現しておった。綺麗に折れていた分、回復も正常というわけだ。……おっと、南面にまた四人来おった。これで、百二十七体。同時並在能力の世界新記録だ。

こちらの女の精神は複雑骨折だな。自己一貫性を維持することを、快楽に委ねきっている。典型的な能力中毒者だ」

「私が加勢したほうが――」

「なめるな。保安機構ビルが、あの程度の力任せの襲撃で、どうにかなるものか。オリジナルを捕獲して洗いざらい喋ってもらう。これ以上の死傷者は出させん。ああ、それと、救急医療室に運び込まれたライス・ウォーカー主任技術官だが、先ほど目を覚ました。本人の談によれば貴様の後を追った記憶がないらしい。厳密に調査するが、もし事実なら、敵は強力な《暗示《フラッシュバック》》能力の持ち主で、ライス・ウォーカーを自由に操ったことになる。くれぐれも気をつけろ」

断固としたオーギュストの声を聞きながら、パットは辿り着いたドアに手を触れた。

「着いたか」

「は――これから、ラファエル・リー・ダナーとともに、非公認の捜査を開始します」

「結果が全てだ。しくじれば私も貴様らを弁護できん。ベシエール氏の救出および犯人の捕獲に失敗した場合、第一級犯罪者となる覚悟があるならば、そのドアを開け。以後、十時間、貴様との通信は当ビルの回線の不具合により断絶する。この会話の全ログを削除する。健闘を祈る」

パットは携帯端末をしまい、ドアの開閉装置を操作した。その開錠の音とともに、パットは、自分の中でもう一つの門が開かれたような気がした。十五年以上も眠り続けていた自分の心が、開かれた門から姿を現し、まばゆい世界に立って震えていた。

開かれたドアの向こうに娘がいた。机と椅子しかない、四方を特殊合金の壁に囲まれた部屋で、娘は一頭の犬とともに床にひざまずき、両手を握って目を閉じ、祈っていた。超常的な力を持ったラファエルが、まるで無力な少女のような姿でいたことにパットは意表を突かれた。ラファエルが顔を上げ、驚いたようにパットを見つめた。

ヘミングウェイが、パットにじろりとした目を向ける。

「五秒しか開かない。急いで出るんだ――」

その途端、ラファエルの姿が消えていた。

ヘミングウェイが、さっと鼻っ面を宙に差し向け、素早く部屋を出た。

パットの背後から、花のような香りとともに手が伸びてきて、そっとパットの広い背に当てられた。パットの頬に苦笑が浮かんだ。心のどこかで、ラファエルの顔を見たら自分は恐怖を抱くのではないかと思っていたが、それも杞憂《きゆう》だった。

花の香りを味わうようにして、ラファエルを振り向いた。

「君には驚かされてばかりだ。これ以上、あまり驚かせないでくれ」

「待ちましたから。すごく待ちました。そのお返しです」

「待った？」

「はい。貴方が来てくれると信じていました」

そう言って、右手の指輪をパットに見せた。

「死守しました」

ひたむきな顔でラファエルが言った。その頬が感激に紅潮していた。どうやらよほど嬉しがっているようだった。

「指輪のことさえ、他の捜査官に説明しなかったのか？」

改めて、ラファエルの強情さに呆れる思いだった。

「貴方が私に託してくれたものです。貴方の意志が確かめられないまま、他人には渡せません。お返ししますか？」

自分が組織の一員であり、組織の意志が第一義であることを口にしようとして、やめた。

今は、そこからさえ半ば踏み出しているのだ。

パットは、開かれてから、かっきり五秒後に電子錠が音を立てて閉ざされたドアを見やり、そしてまた、ラファエルを見つめた。

「指輪は君が持っていろ。犯人と交渉する場所と時刻は分かっているんだな？」

「はい。あれは、特定の場所ではなく、私が呼ぶという意味です。郵便局で、相手の空間歪曲の一端を渡されました。人の居ない、どこか遠くに連れていってください」

パットはうなずいた。

「ヘリを使おう。屋上へ」

ラファエルとヘミングウェイとともに屋上に向かいながら、パットは、その背に銃撃戦の喧騒を聞き流していた。どこか遠くへ――そう、自分は今から、遠くへ行くのだ。ありうべき未来へ。自分の中で、終わらない戦争が終わることを祈って。

夜空に向かってヘリが離陸するとき、一度だけ保安機構ビルの屋上を振り向いた。

誘導灯の赤い光のどこかで、誘導班の人間に混じって、過去の自分が、妻と娘と一緒に並んで、こちらを見つめている気がしたからだった。

2

リヨン市からローヌ川に沿って南下する間、ラファエルは空間歪曲の一端を誘導すべく、両手の間に水晶の花を咲かせ続けていた。

胞体の花弁が展開し、超次元的手段による招来の準備を行うのを、ヘリの内部に浮遊する多眼装備を通して見て取りながら、パットは何も言わなかった。頭の中では、その花が超胞体兵器の一端であることを知っていても、懐の銃にぎっしり詰まっている炸裂弾を、ラファエル目掛けて放とうという気は起きるだろうかと繰り返し考えていた。《暗示《フラッシュバック》》

能力――自分はそれに抵抗できるだろうかと。

だが口には出さず、代わりに、作戦について、ラファエルと打ち合わせた。

「犯人が第一に要求するのは、その指輪だが、ベシエール氏が他にコピーを取っていないとは限らない。その点について、相手を納得させることができるか？」

「相手はおそらく、〝高次感受性《サイコメトリシティ》〟を強く発揮できる感応者《フォース》です。指輪を手にした瞬間、真贋《しんがん》や、複製の有無は、察知できるはずです。それは私がベシエール氏の眼を手にしたときも同じです。私がこの指輪を読む限り、複製はありません」

「では、相手に、ベシエール氏の切り取られた肉体を渡す気はあるんだな？」

「私たちが、相手にその気があると信じることによって、その気になるタイプです。強制的に信頼を要求する、支配欲の強い人です。時刻も場所も私に決めさせたのも、自分の気に入るかどうかテストしている気でしょう」

「奴にとっては、今回の交渉がなされたこと自体、政治的には半ば目的を果たしたことになる。気分的にはどうだか知らんがな。素直にベシエール氏の眼を返す可能性は高いと見て良いんだな？　では、指輪を渡し、ベシエール氏の眼を取り戻した時点で、空間歪曲の一端を固定し、相手を確保できないか？」

「今の時点では不可能です。郵便局の時のように、深くまで潜って手を伸ばすことができれば――でも、今回は相手も警戒していると思います。私の力も、すでに知っているでしょう」

「時間跳躍か」

そう呟いたとき、パットの中で閃くものがあった。

「敵が求めているものは指輪だけではなく、君の存在も欲しいのではないか？」

ラファエルが顔を曇らせるのを見て、パットはうなずいた。

「その可能性も含めて考えよう。……敵は単独で来ると思うか？」

「女王を信奉していた〈蟹座の皇帝〉という突撃隊は、十七名の強力な感応者《フォース》が、それぞれ何人かの従者を率いて、単独で動く組織でしたから……それに倣《なら》っているのだとしたら、おそらく彼一人が来るでしょう」

「俺の多眼装備と、君の《緒感《エモーション》》と、ヘミングウェイの鼻で、敵の人数を確定することは可能だろう。そして相手の空間操作を、君の時間跳躍で封じられるかもしれない」

ラファエルの、ぽかんとした顔の方こそ見物だった。

パットは、多眼装備とヘリとを同時に注意深く操作しながら、自分の思いついたことを口にした。ラファエルは黙って聞いていたが、その目がどんどん丸く見開かれていった。

「呆れました」

というのが、作戦のあらましを聞いた、ラファエルの感想だった。

「ダメか？」

「いえ。彼は貴方の予想どおりに行動します」

「《予見《ウォッチ》》による予測として？」

「直感です。今の貴方を見て」

パットは微笑んだ。思考をロックされていたときとは違う、無意識の笑みだった。

ラファエルもまた、手の中の胞体を念入りに操作しながら、くすっと笑った。

「貴方が、あの大戦で、英雄視された理由が、少し分かった気がします」

パットはかぶりを振った。

「自分など、いつ死んでも良いと思っていた。それなのに、死ぬに死ねない感応力を身につけてしまった。自分の肉体の破壊的な酷使は結局、その腹いせだ。遠慮はいらん」

ラファエルは微笑みながら目を細め、パットの横顔を見つめた。

「パット、私、貴方に黙っていたことがあるんです」

パットは、多眼装備でではなく、自分の目でラファエルを見やり、かぶりを振った。

「その話は、この件が解決した後で話してもらう。じきに、予定ポイントに到着する」

ラファエルは、それでも何か言おうとしたが、やがて、両手に水晶の花を抱いたまま、静かに瞑目した。その唇が、そっと祈りの文句をささやき、そして、こう付け加えた。

「私たちの働きが、人々に幸いをもたらすことを祈ります」

パットも小さくうなずき、ヘリを下降させていった。

ヘリは、ローヌ川に対して途中から東に向かい、先の大戦で激戦区の一つとなったローヌアルプスのふもとに辿り着いていた。

見渡す限りの廃墟と言って良かった。かつて連合軍が、女王の軍の本拠地であるイタリアに攻め込んだ際、山脈一帯が半年以上もの間、数百種にのぼる感応力と爆弾にさらされたため、一帯の土地が今なお荒廃した姿を見せていた。

かつて核物理学研究センターと、伝統的な宗教建築とを同時に擁したグルノーブルも、激戦で灰燼《かいじん》に帰した都市の一つだった。

ヘリが着陸したのは、都市の廃墟が点々と残る、なだらかな平野と化した場所だった。

二人と一頭が、ヘリから、薄い雪のかかる地面に降り立つ。

あたりに明かりはなく、暗い夜空一面に、ちりばめられた星と、月が、光っている。

青白くおぼろに光るそこで、ラファエルが、手に水晶の花を抱え、荒野の中を歩いてゆく。

パットとヘミングウェイが、ヘリのそばに立って、その様子を見つめている――と、ふいに、月光とは違う輝きが、ラファエルの向かう暗闇に生じた。

ラファエルの足が止まった。

ヘミングウェイが、かすかな唸り声を上げる。

暗闇の向こうに、一枚の、大きな鏡が、地面に垂直に出現していた。

その鏡の中のラファエルが優雅に笑って、丁寧に一礼するのが、パットの多眼装備と肉眼とで、はっきりと確認できた。

「クイーン・リリーの末裔《すえ》にして、天使の剣を授けられたる御方よ、こうして再びお目にかかれた光栄に感謝致します」

「こうして私たちだけで来たのに、そちらは姿を現さないのですね」

「お許しを。私めの姿は、貴女が我らの用意した玉座に座られた時にと思っております」

「ベシエール氏の切り取られた肉体は、そこにありますか？」

鏡の中のラファエルは、玉座について無視されたことでやや眉をひそめたが、うやうやしくその両手を開き、それぞれの掌に転がる眼球を現した。

ラファエルはうなずき、右手の指輪をかざして見せた。

「ノヴィア・レポートは、ここにあります。これと、その眼を――」

「その指輪を渡す必要はありません、クイーン・ラファエル」

「なぜですか」

「貴女が、その指輪を手にはめたまま、私のもとに来てくだされば良いのです。そうすれば、これらの品は、貴女の後ろに控えるあの人間狩人に渡しましょう」

「それは――」

「ダメだ、ラファエル」

　パットが後ろから口を挟んだ。

　鏡の外と中のラファエルが、パットを振り向いた。

「あくまで物品の交換だ。人質の交換交渉ではない」

「やれやれ、無粋な……」

「交渉の素人が言いそうなことだ。貴様らが人命を交渉材料にした時点で、我々はすでにその犠牲を考慮に入れている。分を過ぎた要求だ。他に考えろ」

　鏡の中のラファエルの表情が、氷のように冷たくなった。

「クイーン・ラファエル、なぜ貴女があのような短慮な人間を連れてこられたのか、私には理解しかねますな」

「パット、やめて下さい。話は私が――」

「ラファエルにはすでに犯人への教唆の疑いがもたれている。貴様の方へ一歩踏み出した時点で、俺が彼女を確保して終わりだ。ベシエール氏の眼だろうが鼻だろうが自由にしろ。貴様ら感応者《フォース》が、小銭一つ自由にできない世界が待っているぞ」

「貴様のような者が、クイーン・ラファエルを確保する？」

　鏡の中のラファエルが、憤怒に耐えぬような声音を吐いた。

「クイーン、交渉の続きは、私めがあの思い上がる男を片づけてからでよろしいですかな」

ラファエルが何かを言う間もあらばこそ、パットが笑い声を上げて言った。

「思い上がっているのは、どっちかよく考えるんだな。この周囲に我々以外の人間が居ないことは確認済みだ。のこのこ一人で現れて我々を相手にする気がしれん」

「自分が感応者《フォース》である記憶を捨て去ったクズめ」

「俺の思考ロックと特述コードについての知識がある時点で、貴様の身元は十分に絞り込める。俺を殺せなかったことを悔やむんだな」

「私の言動を根拠に探したところで、私のもとへ捜査が届く頃には――」

「その必要はない」

パットは素早く手に銃を抜き、おもむろに歩み出した。

「ただちに犯人の確保だ、ラファエル。ベシエール氏の命は諦めろ」

鏡の中のラファエルが、怒りに顔を引きつらせた。

と同時に、それが来た。

《暗示《フラッシュバック》》――そうと意識しなければ気づかぬほど滑らかに脳裏に差し込まれる力。

その力に半ば身を委ねながら、果たして自分は最後の最後で抵抗できるだろうかと考えた。心の底から、操作されているという気配もなく、きわめて自然に湧き起こってくるイメージ――どろどろに溶けたゼリーのような妻と娘のいる地下室の恐るべき臭い、血の焼けつく臭い、黒い月、無数の墓標の群れ、カチコチと音を立てるメトロノーム。

撃て、と自分の魂が叫びを上げた。

「パット！　やめて下さい！」

「保安機構に協力しろ、ラファエル！　君が生きていくにはそれ以外にない！」

「私は、この人に従います！」

パットの歩みが、ぴたりと止まった。

イメージ――花束――敵に共感したり協力したりする素振りを見せたときは一切の慈悲を捨てて仕留めねばならない。今がそのときなのだ。思考のロックなど比較にならぬ強烈さで《暗示《フラッシュバック》》の力が自分の精神の全てを憎しみで染め上げ、陶然とするようなトランスに導くのを感じた。

「何と言った？」

パットがラファエルを見た。銃を握る手に、異様なほど力がこもるのを感じた。このまま銃を握り潰し、同じように目の前の娘の頭を――

「私は、一時、彼らのもとに身を置きます。貴方はベシエール氏を救って下さい」

その言葉で、鏡の中のラファエルが、とろけたような笑みになった。

「おお……クイーン・ラファエル。よくぞご決断なされた。これで、黒い月教団は世界に対し、真に人類の覚醒を……」

「やめろ……ラファエル」

パットが遮った。そして、これから口にすることは、ただの言い訳なのだと心が告げた。最低限の警告を口にすべきだという職務意識。そして、それさえ果たせば、あとはお前の望むようにすればいい。あの〈女王〉への復讐を果たせるならば自分の命など惜しいとも思わない兵士たちは大戦時にごまんといたし今でもいるのだ。今のお前のように。

「君がそいつの言うカルト集団に一時でも身を置けば、世界中の保安機構は全力を尽くし、君を生涯監視し続けることになるぞ」

「構いません、交渉をさせて下さい」

パットは無表情にラファエルを見つめた。一瞬だった。稲妻のようにその手に銃が閃き、深閑とする夜気に銃声が轟いた。

同時に、交差したラファエルの両腕に水晶の花が咲いて銃弾を光の屑と化しめて消滅させるとともに、銃を握るパットの右手首を、得体の知れない螺旋状に変形させ、ついで破裂させていた。

焼けつく血の臭いがした。

パットはすぐさま左手で銃を抜いて撃ちながらラファエルに向かって歩み寄った。破壊された右手が見る間にピンク色の骨と肉とを生やし、その手が新たな銃を抜いた。

「パット！」

ラファエルの悲痛な叫びとともに、パットの周囲の空間に水晶の花が咲き乱れた。ラファエルの身を守ろうとする力――〈女王〉の遺した輝ける破滅の翼のはばたき。

パットの口から憎悪の叫びがほとばしった。

素早く跳びかかろうとしたが、宙で上半身が奇妙にねじれ、ひしゃげ、沸騰して内側から弾けた。両肩がもげ、頭部が幾つもの断片に分かれた。背骨が変形して肉を突き破り、両脚がどろどろのゼリーと化してくずおれた。それでもなお銃を握ったままの手が激しく痙攣し、その体の下で、薄く積もった雪が、夜目に黒く光る血に溶け、水たまりを作った。

「パット……」

ラファエルが呼んだ。

パットは答えない。しばらく痙攣が続き、そして止まった。

ラファエルが、低く息をのんだ。

その後ろで、鏡の中のラファエルが、感無量といった様子で手を叩いている。

「なんという素晴らしい力でしょう。さあ、クイーン・ラファエル、我らのもとへ……。そして、生命の木《セフィロト》の頂点たる黒い月の王冠へと我らを導き下さるよう……」

ラファエルが振り向くと、鏡が面積を増していた。

こちら側へ空間を開いてゆくせいで、鏡の表面が液体のように波打ち始めている。

ラファエルはその鏡へ手を差し伸べながら、悲しみの顔で言った。

「約束して下さい。ベシエール氏の命を助けることを」

「もちろんですとも。ただ、我々の主義をご理解頂くにあたり、あのような独善的な経済数学者の命が本当に大事かどうか、貴女自身が疑問に思うようになるかもしれませんが」

鏡の中のラファエルが、一方の手に、ベシエール氏の双眼を捧げ持ちながら、もう一方の手で、そっと、波打つ鏡の中に入ってゆくラファエルの手をとった。

その途端、むせかえるような花の香りがたちこめた。

鏡の中のラファエルが、勝ち誇ったように微笑み、ラファエルの手をとった時のままの姿で、地面に立っていた。

その姿が、一瞬後に、ラファエルとは似ても似つかぬ、背の高い、細身の男の姿になっている。

男が、ぶるっと震えた。

小綺麗なスーツ姿だった。とても荒野の雪原の寒気に耐えられる格好ではない。

革靴が雪で滑り、バランスを崩して転びそうになった。

男は、自分がどこに立っているのか、しばらく分からなかったらしく、丸く見開いた目で、しばしぼんやりとあたりを見回した。

かと思うと、その背後から、かぐわしい花の香りとともに、太い腕が伸び、がっしりと男の肩をつかんだ。

「ようやく、捜査の手が、伸びたというわけだ」

男が振り向き、再生途中の見るも無惨なパットの姿に、低い悲鳴を上げた。

骨と肉がつながり合おうとしている最中にあっても、鉄球のような迫力をみなぎらせて、パットの拳が唸った。

男が、反射的に、空間操作で攻撃を防ごうとするのが、パットの初期感応力に察せられた。

構わずぶん殴った。

男の呆気《あっけ》にとられた顔が、一瞬でひしゃげたようになった。

男の体が冗談のように宙に浮いて月下に弧を描き、地面に転がり倒れたとき、男の鼻が真っ平らに潰れ、ほとんど唇と同じ高さになっていた。

「あい――――ッ!!」

男が、甲高い悲鳴を上げて、雪原の上でのたうち回った。

両手で顔を押さえたまま、信じられないという目で、ずたずたの衣服の下で鉄細工のような筋骨を回復させつつあるパットを見つめた。

「おっ、おっ……」

痛みと寒さで震えながら、必死に足で地面を蹴って後ずさる男に向かって、今度は、背後に回ったヘミングウェイがひと吠えした。

威嚇するというより、よう、と親しげに声をかけるような吠え方だった。

男は、ほとんど顔の横でヘミングウェイに牙を剝き出され、完全に凍りついている。

「抵抗するな」

パットが言った。

「なっ……な、なんで……？」

男が、荒い息とともに、鼻腔と口の両方からどっと鼻血を噴き出した。パットの突きつける銃口を見つめ、歯の折れた歯茎を剝き出しにし、怒りと恐怖に満ちた叫びを上げた。

「撃ってみろっ、その銃弾を全部貴様の心臓に送り返してやるぞっ」

パットが何かを言ったが、男には聞こえなかった。

銃声も聞こえなかった。

男が知覚したのは、突然自分の足を貫通した弾丸の激しい熱さと、痛みだけである。

男の金切り声だけが、荒涼とした景色に響き渡った。

「ななっ……なんだっ？　なんなんだっ？」

男の周囲に、腐敗した卵のような臭いが立ち込めている。

ヘミングウェイが、鼻っ面に皺を寄せて唸り、パットが呆れたような声で言った。

「やけに臭い残留芳香だな、道理で――」

その次の瞬間には、パットは男の背後に出現し、がっちりと腕を締め上げている。

男が、恐怖に駆られた子供のように悲鳴を上げた。

「ああ、貴様には聞こえていないのか」

淡々と、パットが言った。

「こんな臭い残留芳香なら、道理で空間を剝離してでも消臭したがるはずだと言ったんだ。……おっと、お得意の力を行使するのはやめておけ。お前がどれだけ空間をいじろうとも、お前が停止している間に、空間はすでに初期状態に戻っているのだからな」

男は、雪と岩に顔をねじこまれながら、必死で砕けた歯と血を吐き出し、言った。

「まさかっ……まさかっ、私だけっ……あの方の力を――」

「そうだ。ラファエルがお前を除くこの空間を連れて跳んでいる間、同時にお前を連れて時間に対して沈んでいるんだ」

「なっ……なぜ、お前は、私の支配を……」

「俺にラファエルを攻撃させるよう仕掛けた《暗示《フラッシュバック》》のことか？　さあな。なぜかは俺にも分からん」

そこまで告げながら、パットは素早く手錠式のスタンロックを男の両手にかけ、スイッチを入れた。男は、その脈拍に合わせて自動的に調整される電気的手段による麻酔に全身をのけぞらせ、あっという間に意識を失った。

目覚めるたびに電撃を送るようスタンロックを手早く調整しながら、なぜかを考えた。

答えは一つしかなかった。

この男がラファエルを撃てと命じるのではなく、パット自身を消せと命じていたら、最後の逮捕の瞬間に正気に戻ることができたかどうか自信はなかった。

そのとき、雪原の向こうで、どさっと音を立ててラファエルの姿が現れた。

パットとヘミングウェイが、慌てて駆け寄ると、花の香りとともに、ラファエルがその手を広げて、物理固定されたベシエール氏の二つの眼球をパットに示した。

「疲れました……時間に対して跳べるなら、沈むこともできるだろうなんて……」

パットの腕の中で、ラファエルが微笑み、眠るように目を閉じた。

そのまま、静かな呼吸を繰り返す。

パットは、小さく笑みを浮かべ、ラファエルの体を抱きかかえた。

それから、じろりと睨むヘミングウェイに向かって、

「勘弁してくれ。他に思いつかなかったんだ」

この上なく真面目に、そう、弁明した。

3

「ジャン＝バティスタ・シャルコー、フランスのディジョン生まれ。四十五歳。A.J.〇三年、連邦医療健康機構《マークゼクス》から正式に精神科医の免許を発行されておる」

携帯端末の向こうから聞こえるオーギュストの声は、相変わらず苦々しげだった。

「感応力を身につけたのは、戦中らしいな。十回以上、感応力の有無をテストされているが、どれも切り抜けている。自分の能力を隠すために精神科医になったきらいもあるな」

「はい」

とパットは気のない返事をした。

フランスに着いた際、ラファエルとともに泊まったホテルの部屋だった。

シャワーを浴び、一つだけ置いてあるソファに、巨軀を持て余すようにして乗せている。パットが使うにはだいぶ身を屈めねばならない小さなテーブルに、グラスに入れたブランデーと、そして保安機構ビルに犯人を引き渡した際に、意図的に返さなかった弾丸の群れと、拳銃が一丁だけ、置かれていた。

「ビルを襲撃した女は、貴様らが無許可でヘリを飛ばした後、さらに十一名の負傷者を出して捕まえた。死者はなしだ」

最後の言葉に、組織の〝ヘッド〟としての誇りがにじんでいた。頭脳労働者《ブレイン・ワーカー》にとって、肉体労働者《ボディ・ワーカー》の生命を保持しているということは最大のプライドになる。

「先ほど、ライザ・コアという名前を白状した以外、尋問者が男だろうが女だろうが、みだらがましいことばかりほざきおる。先生ともども、常に複数の感応者が監視しているから、貴様が心配することは何もない。〈黒い月教団〉とやらが、ただの妄想か、実在の組織かも、じきに分かるだろう。私も、午後にはドイツに帰れる」

「吉報ですね」

つい何も考えずに返事をしていた。

やや間があった。

そのせいで、ヘッドとおさらばできるという点にだけ反応したわけではないのだと、きわめて余計な釈明までうっかり口にしそうになった。

「疲れているようだな。昨夜は眠れたか？ カウンセリングが必要ならば、現地の保安機構ビルで予約したまえ。午後に、ベシエール氏に会いに行く予定だったな？ 大丈夫か？」

驚天動地だな、と他人事のように思った。感応者《フォース》が放った虫にたかられて重度三の火傷に等しい傷を全身に負ったライスのことを、〝無事〟の一言で済ませたヘッドが、肉体消耗によって社会参画の権利を保持していると信じている肉体労働者《ボディ・ワーカー》の、それも世界に数人しかいない強力な肉体の《再築《リビルド》》の力を持った自分に対し、大丈夫か、などと口にするとは。

「大丈夫です」

パットは淡々とした声で返した。

そう告げる自分が、どこか遠い場所にいるような感じだった。

「ベシエール氏がたっての願いでお前と会いたがっている。自分が解決に貢献した事件の被害者から、感謝の言葉を聞くことはお前の精神状態に良い影響を与えるだろう」

だがパットは危うく、精神疲労のこもった呻き声を洩らしかけた。

「それを期待しています」

かろうじて、それだけを返し、後は手短に通信を切った。


切り取られた肉体を取り戻したベシエール氏は、十人以上の感応者《フォース》による治癒によって丹念につなぎ合わされ、再び三次元世界で息を吹き返していた。

その後、すぐさまリヨン市の病院に護送され、わずかな意識混濁と脈拍異常が回復してのち、今度は感覚者《サード》の手によって、家族の付き添いのもと、治療を受けている。

そのベシエール氏が、かろうじて意識を回復するなり、自分を助けた捜査官を病室まで呼ぶよう、要請したらしかった。

パットは困惑した。

正直、ベシエール氏に、何の関心も抱いていなかった。それどころか何に対しても関心を抱けずにいた。全てが、あの〝先生〟のたわごとのように思われた。

戦闘を終え、犯人を引き渡して以来、まだ一睡もしていない。

自分の肉体の、どの部分が強化されたもので、どの部分が感応力ゆえのものであるかを把握するにつれ、あらゆる物事への興味が、虚空のどこかへ消えていくのが分かった。

冷たい墓石の感覚——イメージだけが残り、目の前には、注いだものの口をつけずに何時間も経っているブランデーの入ったグラスと、意味もなく並べられた弾丸と、そして、鈍い光を放つ銃があるばかりだった。いや、意味はなくとも、意義を考えていた。

(頭部だ——)

ときおりその想念が湧くことを、止められるとも思えなかった。今だけでなく。この先ずっと。生きている限り、未来永劫に。

(炸裂弾を口いっぱいに頬張り、顎の下から後頭部目掛けて引き金を——)

パットは目を伏せた。

自分の頭部が一瞬で塵と化す様を思い浮かべて、少しでも心が慰められることを望んだ。

自分の《再築》《リビルド》の力をしっかりと抑制した上での一撃。おそらく可能だろうと思われた。

その思いに抗《あらが》うように、かすかに地下室のイメージが湧いたが、そこで嗅いだ悪臭は、自分を生かすには薄くなりすぎていた。ただ悲しいだけだった。憎悪や怒りが己の生命を燃やしていた時期は終わってしまったのだ。あの百合の花のような香わしさとともに。一人の少女が全て消してしまった。

たとえようもない孤独に襲われ、パットは目を閉じた。

終戦直後のように酒浸りに戻るか、それともここで終わるか、手に任せた。

（よく生きた。いや、よく生きられたものだ。今まで――こんなにも、空っぽのまま）

手が弾丸をつまんだ。パットは、かすかに眼を開き、それを口にふくもうとした。

その手が止まった理由が、パット自身、しばらく分からなかった。

ドアをノックする音が遅れて意識された。

「パット、そろそろ行かないと、ベシエール氏の面会時間に間に合いません」

ラファエルの声だった。たったそれだけで、パットからその行為を奪っていた。またしても。あるいは彼女が《予見》《ウォッチ》によって、今の自分の状態を察してのことだろうかと邪推した。だが、今しがたの声の様子からそうした作為は感じられなかった。

パットは、静かに、弾丸をコップの中に落とし込んだ。

それがブランデーの底に沈むのを見届けてから、いつか近いうちに、その二つをこの身に味わわせるだろうという予感がした。いつだったかラファエルが口にしたように、そのときの光景が、色彩や味わいや芳香を伴って想像できた。血の色、血の味、そして焼けつくことのない血の臭い。自分自身の死体が放つ臭気まで。

パットは音もなく立ち上がった。

銃を身につけ、上着を手に取った。

「よく眠れましたか？」

ホテルのエレベーターの中で、ラファエルが朗らかに声をかけてきた。

パットは、自然と、自分の頬に微笑が浮くのを覚えた。

ラファエル――癒しを司る天使の名だと、今さらのように思い出していた。

「気がたってしまってな」

「いつも冷静なパットでも、そういうことがあるんですね」

「そんなことはない。いつもビクビクしている」

ラファエルはくすくす笑った。やけに嬉しそうだった。

ベシエール氏は、ラファエルの存在を知ると、彼女も病室に招くよう要請していた。

感応者《フォース》嫌いで有名な高官の病室に行くことが、そんなに嬉しいのかと、思わず首を傾げたくなった。

「さっき捜査顧問から連絡があって、レポートは無事、世界経済調整機構《マークッヴァイ》に提出されたそうだ。今、解析にあたっている。実行委員会が、今月中にも具体的な法案を発表するそうだ」

パットが言った。

だがレポートのことを口にしても、ラファエルの顔色は変わらない。逆にかえって年相応の朗らかさが表に出てくるようだった。もはやそれはパットには人ごとではない問題だ。自らもまた感応力を有した存在であることを自覚した今となっては——

「君は、自分がしたことについて不安を抱いていないのか？」

車を発進させながら、思わず訊いていた。

「不安、ですか？」

「君は、レポートの中身を知っているのだろう？」

「はい。非常に柔軟な抑制であって、強圧するものではないはずです」

パットは、愕然とした。ラファエルの言葉の内容ではなく、その無邪気さにだった。

「ベシエール氏はレポートの総監者だ。彼が、感応者《フォース》のことをどう思っているか——」

「彼は、世界の感応者《フォース》の味方です」

一瞬、ラファエルが気が狂ったのではないかと思った。

それから、事態を察するにつれ、本心からの怒りが湧き上がってきた。

ヴァティシニアンが、レポートや、ベシエール氏の人柄について、どのような説明をラファエルに与えたのか——

おそらく、自分たちに、都合の言いようにしか伝えていないのではないか。

パットは、ラファエルをこのままベシエール氏の病室まで連れていって良いものか迷った。そこでラファエルが、ベシエール氏にふれて、自分がほとんど騙されたことを知ったとしたら、どのような行動に出るのか。まるで予想がつかなかった。

とはいっても今さら全てが遅かった。ラファエルに対する哀れさがパットの中で込み上げてくるとともに、たった今感じたはずの怒りが急に遠のいていった。

車を運転しながら、自分の心は、もう怒りを抱くことに耐えられないのかもしれないと思った。担当医師が聞いたら、それこそ危険なことだと告げただろう。憐れみの念だけで生きていける自信はなかった。それは酸のように生きる意志を溶かしてしまう。

パットは言葉少なに車を回した。病院に着くと、玄関にヘミングウェイを待たせ、ラファエルとともに、ベシエール氏の病室へと向かった。

病室の前には、モリーがいて、ラファエルの姿をみとめるなり駆け寄って抱きついてきた。

「ありがとう、ありがとう」

ラファエルは、くすぐったそうに笑って、泣きじゃくるモリーの背を撫でている。

パットは、医師に身分証を見せ、ラファエルより先に入室した。

ベシエール氏は、最初に見たときと同じく、眠っているように見えた。

だが、今度は、ちゃんと呼吸する様子が、ベッドの布団の動きで分かった。

パットがすぐ横に立つと、気配で目覚めたのか、薄く目を開き、パットを見上げた。

「……君の、ことは、聞いている」

鼻からチューブが侵入しているせいで、こもったような声だった。

パットはベッドの脇の椅子に座り、静かに言った。

「ご無事で何よりです」

「私を、守っていた、ボディガードや、死んだ捜査官たちには、悪いことを、した……」

「職務に就いた際に、みな覚悟していたことです。私もそうです……。私が生き残ったのは……運が良かったからでしょう」

「私も、運が、良かった。君たちに、救って、もらえて……」

そのとき、ラファエルが病室に入ってきた。

ベシエール氏の目が動き、ラファエルと見つめ合った。

奇妙な表情が、ベシエール氏の顔をよぎった。

「君が、ラファエル・リー・ダナー、かね？」

「はい」

「娘の、ミーシャには、会ったかね？」

「はい、彼女が描いた絵を、頂きました。天使の絵です」

嬉しそうに言うラファエルに、ベシエール氏が、微笑を浮かべた。

これが、世界の感応者《フォース》への敵意を公的に表明し続けてきた男の浮かべる表情かと思った。

「今、うちの、使用人と一緒に、病院の庭を、散歩している、はずだ……」

そこで、ベシエール氏は、呆気にとられるパットに目を向けた。

「君も、会って、やって、欲しい……」

それだけ言うと、激しく咳き込んだ。医師が素早く入ってきて、ベシエール氏の脈拍と呼吸を調べ、これ以上の会話は無理だと告げた。

だがそこでベシエール氏は、過去数十時間以上にもわたって全身を《混断《シュレッディング》》されていた男とは思えぬ力強さで上体を起こした。

「世界の感応者《フォース》たち全てに、伝えてくれ……私が作ったレポートは、君たちを時に不自由な、不必要と思われる目に遭わせるかもしれないが、しかし、君たちに、正当な経済活動の根拠を与えるためには、絶対に、必要なことなのだと……」

なんという気迫か。思わずパットは目をみはった。ベシエール氏の姿にふれたパットの方が、かえって救われた気がしたほどだった。

それから再びモリーと医師とに付き添われながら身を横たえるベシエール氏の病室をあとにしながら、その言動に驚いていた。

「まさか彼が、世界の感応者《フォース》の味方……？」

戸惑いが如実に声音に出た。そのパットの様子に、ラファエルが、くすっと笑った。

「はい。彼は、私たちの味方です。私や貴方や、全ての感応者《フォース》の。経済制限が、不必要に強圧的なものになることを防ぐために、尽力して下さったんです。あの人の作ったレポートがなければ、世界の多くの感応者《フォース》が、世界政府準備委員会に対して不信感を抱き……大きな争いに発展していたかもしれません」

　パットは、かぶりを振った。

　奇妙なことに——ベシエール氏に対して、急に失望を感じていた。

　自分が、理性をもって世界の感応者《フォース》への憎悪を堪えていた分、むしろ、ベシエール氏があからさまに敵意を吐き散らすことに、安らぎを覚えていたのかもしれない。

　自分自身が感応者《フォース》の一員であると自覚した今だからこそ、なおさらだった。かつて感応《フォー》者《ス》に対する限りない憎悪を糧に、戦争を生き残ったことは事実なのだから。

　ベシエール氏に何があったにせよ、パットは感謝され、保安機構の一員として今も生き、その仕事はおおむね評価されているのだった。

　何も文句はなかった。

「どこへ行くんですか？」

　パットにも分からなかった。ラファエルを振り向き、何か言葉を探した。

「……もう、十分だ」

　そんな言葉が出てきた。冷たい墓の感覚が、ひたひたと背に押し寄せてくるようだった。

「パット……私、これからミーシャに会うんです。貴方も……」

　ラファエルは言いさし、パットの顔を見つめたまま言葉を失ったようだった。少女の美しい目がわずかに見開かれている。もしかすると本当に、パットのこの後の姿を《予見《ウォッチ》》でとらえたのかもしれなかった。いつの未来であるかはさておき、いつか起こるであろうことを。

パットは言った。

「いつかまた困難な事件が発生した時には、助力を請いたい。君のことは十分な評価をもって報告するつもりだ。俺はこれから、保安機構に戻り……職務に就かねばならない」

それを最後に、病院を出た。ドアをくぐるなり、ヘミングウェイと出くわした。

何か言う間もなく、ヘミングウェイが、ぐいっとズボンの裾を噛んで引っ張った。

パットは、いつか、レンタカーで蜂に襲われたときのことを思い出した。

「どうした、敵か」

ヘミングウェイが、ふんと鼻を鳴らした。何を言っている、と呆れているような調子だった。

「ヘミングウェイ……」

ラファエルが駆け寄ってきた。

ヘミングウェイは、さっときびすを返すと、軽い足取りで病院の裏庭へと歩いていってしまった。そして、建物の曲がり角で、驚いたことに、パットを振り返って、ひと吠えしてみせた。

世話の焼ける男だ、という声が聞こえた気がした。

「パット、ヘミングウェイも呼んでます」

ラファエルが、言わずもがなのことを言って、犬の後を駆けてゆく。

パットは、しばらく立ちつくしていたが、やがて肩をすくめて、娘と犬の後を追った。

4

玄関口を回って、病院の中庭に入ってゆくと、ミーシャと使用人の姿が見えた。

ラファエルが遠間からミーシャを呼ぶと、きゃっきゃっと笑い声を上げて駆け寄ってきた。

「こんにちは、お姉ちゃん、ヘミングウェイ。また会えたわね」

いきなり抱きつかれたヘミングウェイは、お愛想のようにミーシャの顔を舐めた。

ミーシャははしゃいでヘミングウェイの首に頬をすり、それから、ふと、初めてパットの存在に気づいたように見上げた。

「この人ね……こないだ、お姉ちゃんと、一緒に居た人……」

パットにではなく、ラファエルに言った。

「そうよ。さ……ミーシャ」

ラファエルが、そっとミーシャの背中を押した。

ミーシャはちょっともじもじしていたが、やがてパットを見上げ、言った。

「パパを助けて下さって、ありがとう」

パットは、ゆっくりとしゃがんで、ミーシャの紫がかった青い瞳と目を合わせた。

「パパを助けるために、大勢の人が働いた。私だけでなくね」

「でも……パパが言ってたの。一番助けてくれた人を呼ぶから、会うようにって」

それから、ちらっとラファエルの方を向く。ラファエルが、小さくうなずいてみせる。

ミーシャはまたパットに向き合い、何か秘密を打ち明けるような口調で、訊いてきた。

「あたしにお礼をさせてくれる？」

パットは目を細めてミーシャを見つめ、うなずいた。

どんな感謝よりも暖かなものを感じていた。墓石のイメージがいっとき脳裏から消え、その下から娘が甦って自分に話しかけてくるような気すらした。

パットは、その想念——娘が生き返るイメージを、意識して追い払った。虚無だけが胸に残った。この場から速やかに立ち去るためだけに、パットはミーシャに微笑んだ。

「私は私の仕事をしたんだ。パパがパパの仕事をしたように」

そこで、ふと、ミーシャの目が見開かれた。

「おじさん……こないだ私の家に来た時は隠していたのね」

それまで逸らしがちだった目が、急に、まっすぐこちらを見つめるようになった。

「隠す？」

パットが訝しげに聞き返すと、ミーシャは、パットへの警戒を解いて身を寄せてきた。

「あたし、おじさんも、お姉ちゃんみたいな人だって知らなかった。てっきり、パパやモリーママみたいに、そういうのがない人なのかと思ってた」

「それは、私が感応者《フォース》だという――」

「あたし、お姉ちゃんには話したの。あたし、パパがミーシャに会いたいと思ってたの知ってたって。パパがそう思ってるの、分かったの。だからあたし、ミーシャに会わせてあげたの。おじさんも、今、そう思ったんでしょ？」

「ミーシャというのは……」

「あたしの前に死んじゃった、パパの子供のことよ」

ミーシャが、言った。

「おじさんの子供はマリーヤっていうのね。あたし、まだ自分の年より上の人になることはできないから、マリーヤのお母さんを呼ぶことはできないの。でもね、マリーヤにならあたし、なれるわ」

「いったい何を――」

ミーシャは、ヘミングウェイから離れると、パットに向かって小さな手を伸ばした。

その顔から、一切の表情が消え、そして、少しずつ、その顔貌自体が変化していった。

パットは、一瞬遅れて、自分の膝が地面を突くのを感じていた。

おずおずと両手を、ミーシャであり、そしてミーシャではない少女へと差し伸べた。

「マリ……」

その名を呼ぼうとして、声が、半ばから、嗚咽になっていた。

「パパ」
マ、マ、マリーヤが呼んだ。パットの手が、震えながらマリーヤの肩に触れた。
「私、黙っていました……ミーシャの感応力は、まだ、トップシークレットで……」

背後で、ラファエルの声がした。

ベシエール氏が、なぜ、心変わりをして世界の感応者《フォース》の味方になったのか。

彼はただ、自分にとって、最も守るべき存在の味方をしただけだったのだ。

「ミーシャの力は、これまで発見されてきた過去視の能力とは比較にならない感応力です」

ラファエルが、言った。

「読心能力による変貌とも違うんです。ミーシャは、過去に存在した人間の魂を呼ぶのだと言っています。ミーシャの力は、今後、あらゆる方面から研究されると思います。人類が真に過去を知ることが可能になるかもしれません。そして、なにより、魂の行方が、超次元的な解釈によって新たに説明されるかも……」

　そこで、ふとラファエルが口をつぐんだ。

　勢い込んで語ろうとするのをやめ、うずくまって少女を抱きしめる男を見つめた。そして、そっとヘミングウェイとともにその場を離れた。

「苦しかったろう」

　泣きながら少女の頭を撫でた。

「怖かったろう。寂しかったろう。パパを許してくれ。最期の時にお前たちと一緒にいてやれなかったパパを許してくれ」

　マリーヤはかぶりを振って、パットの首にしがみついてきた。

「あたしもママもパパに愛されてるの知ってたもの。あたしとママの最期に、ちゃんとパパは来てくれたもの。パパがあたしたちや、大勢の人のために危ない目にあってたのも知ってるもの。だから、あたしとママは祈ったの。愛するパパが死なないようにって」

　マリーヤが、泣きながら言った。

「どうか、強いパパが多くの人を助けたように、パパを死なせないで下さいって。あたしたち、ずっと祈ってたの。祈りが届いたの、分かったわ。声がしたの。綺麗な声。そしてね、扉が、パパのために開いたの」

パットが身を震わせた。黒い月の作用。

「黒い月……お前たちが俺のために――」

言いさしたまま、絶句した。

それから、ただ幼い温もりを抱く手に力を込めた。

「でも、そのことでパパが苦しんでいたのはすごく悲しいわ」

娘の肩に額を押し当て、何度もかぶりを振った。

やがて、心の墓石に降り注ぐ冷たく凍える悲しみが消え、柔らかな日差しが、男のもとに遠い日の告別を届けていた。

エピローグ　微睡《まどろ》みのセフィロト

黒い月が、青い空と海の狭間に、黒々と浮かんでいる。

砂浜の真ん中に立つ巨大な岩の上で、娘が一人、膝を抱えてその月を眺めている。

その月から降り注ぐ力と、それを招く、無数の人間の思念が、本来の月と地球の狭間で引力にうねる海のように、互いに引き合い、大気に満ちる様を見守っている。

岩は、かつて〈女王〉を葬るために用いられるはずだった兵器の残骸だった。憎悪と使命感によって運ばれたもの。永遠に読み終わることのない書物のように、おびただしい人の思いが込められた物体だった。

その岩の根元では、逞しい犬が、目を閉じ、ときおり耳をそばだて、うずくまっている。

穏やかな風が、娘の髪を震わせた。

娘は、父を知らなかった。母を知らなかった。ただ人づてに聞いていた。時には彼女がその娘だということを知らぬ相手に対しても、その全ての言葉に耳を傾けた。

だがそれらは、結局のところ言葉であって、娘にとっての親ではなかった。

娘の父は、今座る岩だった。娘がおのずと感ずる使命が、父だった。

娘の母は、虚空に浮かぶ月だった。降り注ぐ力を司る、漆黒の月が、母だった。

月が力を与える者全て、娘の兄弟姉妹だった。

多くの者が、今や階梯に立っていた。望むと望まざるとにかかわらず、階段を上っていた。

多くの者が、微睡みの中にそれを知っていた。そして、これまであった人類の姿という、出てゆきがたいゆりかごの中で、目覚めぬまま揺られていた。

多くの者にとって、力に目覚める自分は夢幻の産物であり、眠れる心こそ現実だった。

だがその微睡みの中で否応なく伸ばさざるをえなくなった手が、ふいに確かな階梯に触れるとき、生命の木《セフィロト》の王冠である黒い月が導きとなって全人類の頭上にあることに気づくだろう。

降り注がれる力の声に耳を向け、その光にいざり寄るだろう。

奇跡は日常となり、ゆりかごを出て階梯を求め、時に崩落の憂き目に遭いながらも、善も悪も辞さず、頂上たるセフィロトを求めるだろう。

娘は、人類に火をもたらしたプロメテウスの末裔、文字をもたらしたオーディンの娘、天地を創り上げた存在の申し子であり、同時に人類最初の同胞殺しの子孫であった。

人類の手に届けられた新たなる業《わざ》の、その見守り手であった。

膝を抱え、思い凝らす娘に、やがて風が変調を見せるとき、黒い月が、娘をまた新たな使命に立たせるだろう。

今はその時まで、月の微睡みに寄せて、ただ娘は祈り続けている。

人に幸いあれと。

本書は、二〇〇二年四月に徳間デュアル文庫より刊行された作品を、
加筆訂正のうえ再文庫化したものです。

あとがき

本書はかつて徳間書店デュアル文庫から刊行された同名作の、よもやの復刊である。復刊というのは本当に骨の折れる作業で、しばしば過去の自分に憎悪すら感じる。十年近くも経てば当然その間に培った経験と技術の差は大きい。最初の一行どころかサブタイトルのつけ方なども見直していてイラっとくることがある。

いっそ一から書き直したいといつも思うのだが、そうすると今度は逆に、当時の未熟な情熱を尊重してやりたくなってくるのだから不思議だ。結局、最低限の文章やシーンの加筆修正にとどめ、あとは可能な限りもとのままの出版である。

特に、本書は修正するよりも、そのままにしておくことにけっこう意義があるのかもしれない。本書を執筆した当時は、『マルドゥック・スクランブル』（早川書房）という難産をきわめた作品を抱えて出版業界を放浪中だった。当然、徳間書店にも出版を打診したがあえなく断られ、代わりに書くよう勧められたのが本書である。そのため『マルドゥック・スクランブル』とキャラクターのアイディア等で重なる部分が多いのだが、さらにのちの仕事のスケッチたる側面が、至るところに見て取れる。

特に固有名詞にその傾向が強い。というか顕著すぎて、全て別のものに変えるべきか真面目に考えた。たとえば本書では世界政府準備委員会にリヴァイアサンとルビを振っているが、これとほぼ同じ名称が、『スプライトシュピーゲルⅣ』（富士見書房）に、とあるゲームの名として登場する。さらに本書では各機関にドイツ語読みの数字を割り振っており、マークアイン、マークツヴァイ、マークドライ……そして主人公が属するのがマークエルフたる保安機構である。『蒼穹のファフナー』という作品をご存じの方なら、これが同作に登場する機体のコード名として使用されたことはお分かりだと思う。

で、僕自身は、この原稿を読み返すまでそんなことをすっかり忘れていた。

ついでに、他にも主なところを列挙してみると――

オーギュスト＝『オイレンシュピーゲル』（角川スニーカー）の憲兵大隊長。

トマス＝『スプライトシュピーゲル』（富士見書房）のトマス・バロウ神父。

ノヴィア＝『カオスレギオン』（富士見書房）のヒロイン。

セフィロトの階梯＝『シュヴァリエ』（講談社マガジンZ）の大ネタ。

といった次第である。

ちなみにオーギュスト（AUGUST）という言葉には「尊厳」という意味があるが、個人的には傲岸不遜といった印象がある。というのも英語で八月をオーガスト（AUGUST）というのは、ときのローマ皇帝オーギュストが八月に無理やり自分の名前をつけたからだ。そんな風にローマの暦は変形を強いられ続け、その結果、たとえば本来なら七月を意味するセプテンバー（SEPTEMBER）が繰り上がって九月になり、八月を意味するオクトーバー（OCTOBER）は十月に移動となった。この辺りも「冲方くんのアイディア・スケッチ」という感じで、『マルドゥック・スクランブル』や、さらにのちの初の時代小説である『天地明察』（角川書店）にも通じる思考である。『マルドゥック・スクランブル』における悪役シェル・セプティノスや、オクトーバー社の命名などは、御覧の通り、たいてい月と数を意味する名前から来ている。ウフコック・ペンティーノも「五（ペンタ）」をあらわし、五は僕にとって完成と苦難を意味する。ちなみに本書の主人公パットが十一番目の組織に属するのは、十二という完全なる秩序を目指してもがく孤独な素数だからだろう。自分にとっては当然のチョイスなので考えたこともなかったが、不思議なこだわりである。きっとやむにやまれぬ強迫観念的な必然性があるのだろう。多分、前世はインドの数秘術師か、月の引力によって世界を遊泳するウナギだったのかもしれない。

さておき。本書にはまた別の因縁もある。というのも徳間書店で本書を担当して下さったISSY氏は、のちに富士見書房で『スプライトシュピーゲル』の担当の一人として携わって下さっている。ありがとうございますISSYさん。そして『マルドゥック・スクランブル』の生みの親である早川書房の塩澤編集部長が、本書の復刊を提案して下さった。縁というのは奇なもので、一冊の本の刊行が、のちに大きな財産としての効果を発揮することがある。本書もまたそうした一冊であり、ご縁とご厚意によって再び陽の目を見た。多くの編集諸氏、読者の皆様のお陰である。尽きぬ感謝を。

最後に。本書の原稿を読み直して、つくづく、自分は「第四人称」という言葉が大好きなのだと再認識させられた。それは人類という視点、種の視点、世界の視点、「僕たち」という言葉が限りない透明さと広さとをもって主題となる視点である。

個人の生活と世界の原理とが出会って至福をもたらす瞬間、「ヒューマン・ミーツ・ザ・ユニバース」こそ、SFがもたらす夢と希望、そしてロマンなのだと信じたい。

いつかその主題に全力でチャレンジできる日を夢見ながら、今はただ、この暗い時代に祈りを捧げるばかりである。

どうか人に、幸いがありますよう。

二〇一〇年二月　冲方丁　拝

解説

SF《ロートル》水鏡子

「市警様…」
「私はもはや市警ではない…。だが…領主を名乗る強さもない…。
いくら考えても…もとあった正しさが…みつからない…」
「考えてみつかるなら…ずっと考え続けたいです。
もしみつからないなら…正しさが分からない今の気持ちだけは失くしたくないです」
『ピルグリム・イェーガー』第6巻

二〇〇三年。

『マルドゥック・スクランブル』を読み終えて、慌てて冲方丁をかき集め、二カ月くらいで読み切った。至福のひと時だった。読みあぐねるほど多くもなく、次作を渇望するほど少なくもない適切な量。テンションの高い文体、稠密な世界、バラエティに富んだ題材で、常に変貌しながら一貫性を保ち続ける作家に出会えたことに感謝した。それまで読んでなかったせいで、多様性と一貫性を一気一望に収めることができたことがうれしかった。ほんとうに入手困難だったのは、デビュー作の『黒い季節』（たまたまなぜか持っていた）くらい。ほとんどの本が簡単に手に入った。幻の本といった伝説が独り歩きしている『ばいばい、アース』も、あの時期は書店注文でいくらでも入手できた。

『微睡《まどろ》みのセフィロト』（二〇〇二年）もそのとき読んだ。そしてこの作品こそ、『ばいばい、アース』で再デビューし、『マルドゥック・スクランブル』を完成させ（刊行は本書よりも後になる）、『ピルグリム・イェーガー』（コミック）の連載を始めた著者のその足跡、その積み重ねが辿りつかせた現在をしろしめすモニュメントであるかに見えた。『微睡みのセフィロト』のヒロイン、ラファエルは、『マルドゥック・スクランブル』のバロットの到達した地点に静かに佇む。端正でコンパクトな物語は、正義の側に身をおいたボイルド型キャラ、パット／読者の視線越しに、ラファエルの姿を見つづける。フィレンツェで始まる神意的光景、風太郎忍法帖を思わす超能力バトルはそのまま『ピルグリム・イェーガー』の世界でもある。大小大量のアイデアをちりばめたローラーコースター・アクション。ラファエルの立地点が動かないぶん世界は静的で美しい。書割めいた大仰が形式美に昇華されている。

これだけ暴力性が発揮されていながら、物語世界が端正で、静謐が漂っているという点は、『マルドゥック・スクランブル』にも共通する。そしてそこが『黒い季節』『ばいばい、アース』と決定的に分かたれるところでもあった。

『黒い季節』『ばいばい、アース』のなかで作者は物語のなかであがきつづける。内包する熱気が突破口を見出せずにとぐろをまく。一方『微睡みのセフィロト』『マルドゥック・スクランブル』には物語を見渡す作者の外からの目線がある。神の目線だ。技術的に完成されていて、とにかくかっこいい。

その美しさを堪能しながら、じつは作者の方向に危惧を抱いた作品でもあった。

思い定めたかっこよさには、外には正義の名のもとの暴力性、うちには自己の心情・情動を切り捨てる自縛性が、常にまとわりつく。自己矛盾のなかでウフコックが辿り着いたポジションは、揺れ動く気分のなかでの暫定的な地点であるはずなのに、バロットの物語はあらかじめ結論づけられた地点への迷いのない道筋だ。

迷いのなさに不安を感じた。

『ばいばい、アース』の最大の魅力であった、自己のポジショニングを発見していく感動がこれらの物語からは見受けられない。作者はこのレベルの傑作をしばらくコンスタントに提供してくれるにちがいない。期待は大きい。けれども同時に答えを出した作家が、トンネルを抜け出た昂揚感と自信に満ちた時期を経て、問いの不在に苦しむケースを、過去にいくつも見てきた。そんな陥穽が気がかりだった。

こんなことを解説のなかで書けるのも不安が杞憂に終わったから。

作者は矛盾を孕んだ世界の中で自らの立ち位置を迷い続け求め続けることをやめなかった。

現実世界のテロリズムと向き合い、世界に対して自分たちはどうあるべきか答えを追い求めつつ、黒い幽霊団《プリンチップ社》と少女サイボーグ戦士《特甲児童》の戦いを綴る〈シュピーゲル〉シリーズはオイレン＆スプライト二系列八冊の出版を経て最終章『テスタメントシュピーゲル』に突入した。

一方、著者初の時代劇『天地明察』は、施政者の構想と科学の理を駆使する人知の結集のなかで、システムが立ちあがり、武断政治から文治政治へと世界が変わるユートピア小説だ。ウフコックの望んだ世界がここにある。

冲方丁にとって、人や社会の在り方、世界の成り立ちを考えるなかで、暴力は避けて通れないテーマだ。作者の中で、人の〈生〉や社会の本質と〈暴力性〉はほとんど同義といえるほど親和性が高い。

けれども同時に人が〈生きる〉ということは人との関わりのなかで生きることだという認識もまたこの作者のなかにあり、人と関わり生きるなかで暴力性はむしろ積極的に否定されるべきだというつよい思いがある。その矛盾のなかで切実に求められるものとして〈倫理〉が浮上してくる。平和主義者の万能兵器ウフコック。シャベルを武器とするジーク・ヴァールハイト（『カオス レギオン』）。それが冲方丁の小説だ。そのむきだしともいえる暴力性は、YAレーベルの表現、描写の基本枠を往々に逸脱する。一方〈倫理〉をめぐるこだわりは、その作風を基本的にYA王道のビルドゥングス・ロマンへと導いていく。暴力を人や社会や世界の本質と理解し、そのうえで暴力性を否定するユートピア主義者。そんな矛盾した命題の中で、迷い、こだわり、答えを求め、立ち位置を定めようとしながら、なによりもエンターテインメントであることへのこだわりが、冲方丁の小説を、テンションが高く緊張に満ち、長大な作品に化けさせていく。

二〇〇〇年に刊行された『ばいばい、アース』（角川文庫再刊）は原稿三〇〇枚のライトノベルが書いているうち二六〇〇枚に膨れあがったのだという。実際、作者自身が書きながら、書いているものを見切れず途方にくれている濃厚な気配がある。小説を書くということを、自分の内なる地層における露出した岩塊を掘り出す作業に見立てるなら、実は地表に見えていたのがほんの一部でしかなくて、掘っても掘ってもきりがなく、やっと掘り出された大岩盤に呆然としたというのが正解みたいに見える。満喫できる傑作を読みたければ『マルドゥック・スクランブル』をお勧めする。けれども冲方丁を読みたければ、なにより『ばいばい、アース』をお勧めしたい。

『マルドゥック・スクランブル』は傑作である。けれども、この傑作を冲方丁は完全に自分の手のうちに入れている。この小説もどうやら三〇〇枚の予定が一六〇〇枚に化けたという話だが、『ばいばい、アース』の苦闘を経、なおかつ出版までの苦節のなかで、アップデートを重ねたあげく、高い完成度を得た。

『ばいばい、アース』にそんな完成度は見られない。と同時に『ばいばい、アース』を通過しないで冲方丁が『マルドゥック・スクランブル』を手のうちに入れることができたとは思えない。『ばいばい、アース』は、揺れて動いて自分の足場を掘り崩し、掘り固めを繰り返した、この作者にしておそらく一度しか書けない唯一無二の作品だ。この作品を書ききることで、冲方丁はこだわりの答え、自分のポジショニングを固めたように見える。

『ばいばい、アース』がポジショニングを探し求めた作品であったとすれば、『マルドゥック・スクランブル』は求め得た答えを検証した作品であると捉えたい。あるいは元の『マルドゥック・スクランブル』は、『ばいばい、アース』の相似形であったのかもしれないが、活字になった作品は、その現在の冲方丁を反映し、内なる結論を抱えて、ぶれや迷いが見当たらない。そしてこの時期一気二週間で書き上げられた『微睡みのセフィロト』は求め得た答えを示す作品となった。短い作品だったからかもしれないが、定まった答えを示すためだったからこそ短く仕上がったように思えるのだ。

なお、本書は大幅に改稿され、初出からさらに美しく磨きあげられている。

著者略歴　1977年岐阜県生，早稲田大学中退，作家　著書『マルドゥック・スクランブル』『マルドゥック・ヴェロシティ』（早川書房刊）他多数

HM=Hayakawa Mystery
SF=Science Fiction
JA=Japanese Author
NV=Novel
NF=Nonfiction
FT=Fantasy

微睡《まどろ》みのセフィロト

〈JA990〉

二〇一〇年三月十五日　発行
二〇一〇年三月二十日　二刷

（定価はカバーに表示してあります）

著者　冲《うぶ》方《かた》丁《とう》
発行者　早川浩
印刷者　草刈龍平
発行所　株式会社　早川書房

郵便番号　一〇一 - 〇〇四六
東京都千代田区神田多町二ノ二
電話　〇三 - 三二五二 - 三一一一（大代表）
振替　〇〇一六〇 - 三 - 四七七九九
http://www.hayakawa-online.co.jp

乱丁・落丁本は小社制作部宛お送り下さい。
送料小社負担にてお取りかえいたします。

印刷・中央精版印刷株式会社　製本・株式会社明光社

ISBN978-4-15-030990-9 C0193

＊本書は活字が大きく読みやすい〈トールサイズ〉です